훈이 엉아

훈이 엉아

정세훈 장편소설

詩와에세이

작가의 말

　독학으로 시 습작을 할 때부터 시 작업 외에 장편소설 한 편을 꼭 쓰고 싶다는 소망을 가졌다. 『훈이 엉아』는 내 자전적 장편소설이다. 4년 전 초고를 써놓고 퇴고를 미루어 왔다. 그동안 노동문학관 건립과 노동예술제 개최 등 운영에 집중하느라 미루어 왔다.
　주인공 훈이는 6·25전쟁 이후 가난한 광부의 아들로 태어났다. 석탄을 캐는 광부 아버지와 전쟁 중 두 자식을 잃은 충격으로 화병을 앓는 어머니 사이에서 태어난 훈이는 취학 전부터 어머니의 병시중과 동생들을 챙기는 등 집안일을 보살핀다.
　극빈한 유소년 시절을 거쳐 소규모 영세 공장의 소년 노동자, 소년공으로 사회생활을 시작한 훈이의 삶은 지난하고 참혹하기 이를 데 없다.
　소년 시절 첫 직장에서 잘 곳이 없어 식당 대형 냉동고와 대형 증기 가마솥 안에 숨어 지냈으며, 전혀 예기치 못한 당혹스럽고 억울한 일로 인해 교도소에 수감 되기도 한다. 아버지의 갑작스러운 죽음으로 소년 가장이 된 훈이는 급기야 환경 유해 업종 영세 소규모 공장에서 진폐증에 걸린다.

 이처럼 훈이는 지극히 최악의 부정적인 환경에 놓여 있었다. 그러나 지극히 긍정적인 삶으로 살아내었다. 그 삶의 이야기를 이 책에 고스란히 담았다. 세상은 이를 데 없이 부정적이지만, 긍정적으로 살아가길 원하는 이들에게 힘과 용기 그리고 희망이 되길 바란다.

 출판업계의 상황이 매우 어려운데도 기꺼이 출간해 준 시와에세이 출판사와 양문규 대표님을 비롯해 수고해 주신 관계자 모든 분께 마음 깊이 감사드린다.

2024년 여름
정세훈

차례_

작가의 말 · 04

훈이 엉아 · 09
어머니 대실댁과 아버지 정 씨 · 12
학교도 못 가고 · 18
배고프다는 것과 먹는다는 것 · 32
훈이와 새끼 제비들 · 41
6학년 담임 선생님 · 52
중학생이 되다 · 63
고등학교 진학을 포기하다 · 76
숨어 잔 첫 서울살이 · 86
충무로 영화사 · 96
부산교도소 · 103

에나멜동선 공장 · 114

아버지 정 씨의 죽음 · 123

공장 따라 부평으로 · 132

청년이 되다 · 146

단칸방 결혼 생활 · 152

시인이 되다 · 160

이쁜이 · 170

프로 정신을 지닌 전문가 · 176

진폐증 · 189

어머니 대실댁의 죽음 · 201

노동문학관 · 205

훈이 엉아

 동족상잔이라고도 하고 동란이라고도 하는 6·25전쟁이 끝나고 우린 다시 분단됐다.

 삼팔선이란 선으로 갈라졌던 우리의 땅은 휴전선이란 선으로 다시 남한과 북한으로 갈라졌다.

 3년 1개월간 계속된 전쟁으로 450만 명이 죽었지만 통일이 되지 못했다. 남북한 분단 체제로 항구적인 평화가 아닌 휴전 상태로 들어갔다.

 36년 동안의 일제 강점기 시대와 이어 닥친 6·25전쟁을 겪은 사람들의 생활은 무어라 말할 수 없이 어렵고 힘들었다.

 휴전이 된 지 어언 10여 년이 지났다. 그러나 세상은 죽고 죽이던 전쟁의 앙금과 후유증으로 어수선했다. 도시는 도시대로 농촌은 농촌대로 고아와 빈민과 거지가 넘쳐났다.

 전쟁터에서 팔다리를 잃은 상이용사라는 사람들까지 패를 지어 다니며 구걸 아닌 협박을 일삼기도 했다.

농촌의 상황은 도시보다 더욱 암울했다.

사람들은 전쟁으로 얻은 가난에서 쉽사리 헤어나지 못하고 굶주림에 허덕였다. 경작할 땅이 없는 사람들은 지주의 소작과 머슴살이로 간신히 연명했다. 그럴 수도 없는 사람들은 수십 리 밖 탄광으로 나가 탄을 캐어 살았다. 어른들의 생활이 이리 곤궁하니 아이들의 삶은 더욱 불쌍했다.

훈이도 그 곤궁하고 불쌍한 아이 중 한 사람이다.

훈이네는 산 중턱 닭잘뫼마을 흙담집에서 살았다. 닭잘뫼마을에는 훈이네를 포함해 네 가구가 살았다. 그중에서도 훈이네 집은 두 번째로 높은 지대에 자리 잡고 있었다.

왜정 시대 징용으로 끌려가 사할린 탄광에서 탄을 캐던 아버지 정 씨가 우여곡절 끝에 귀국해 결혼 후 손수 흙벽돌을 찍어 지은 집이다. 마루도 없는 부엌 하나 달린 토방이 있는 조그마한 초가집이었다.

산 중턱의 조그마한 훈이네 집은 겨울이 되면 무척 추웠다.

부엌과 붙어 있는 안방과 건넌방의 양쪽 문 사이 외벽에 박아 놓은 나무 말코지가 있었다. 거기에 탄가루가 선득선득 밴 아버지 정 씨의 작업복이 걸린 모양을 보면 훈이는 더욱 추웠다.

탄광에서 일하고 돌아온 정 씨의 발 땀으로 흥건히 젖은 장화를 낑낑거리며 벗기는 날은 여름인데도 추웠다.

정 씨가 탄광에서 만취가 되어 밤늦게 귀가하는 날도 추웠다.

"못된 놈! 제 애비가 오기도 전에 잠을 자다니…."

정 씨는 자신이 귀가하기 전 훈이가 먼저 잠자리에 들었다는 이유로 한밤중에 발가벗겨 밖으로 내보내 벌을 세웠다. 그런 겨울밤이면 훈이는 캄캄한 밤하늘의 영롱한 별과 달을 보면서 덜덜 떨었다.

정 씨는 사할린에서 고된 노역과 부실한 숙식의 여파로 눈이 거의 실명될 순간에 일본의 패망으로 구사일생 살아 귀국했다. 탄광을 접수한 미군의 도움을 받아 부산으로 오는 미 군함을 타고 귀국할 수 있었다.

연합군에 대한 일본의 항복이 조금이라도 늦었더라면 살아오지 못했을 것이다. 사할린에서 부산으로 오는 동안 미 군의관의 도움으로 보이지 않던 시력이 서서히 다시 살아났다.

징용으로 끌려가 머나먼 이국 사할린에서 탄을 캐던 정 씨는 귀국해서도 탄을 캐는 광부가 되었다. 경작할 땅이 없었기에 결혼 후 어쩔 수 없이 선택한 생계 수단이었다.

닭잘뫼마을에서 20여 리 떨어진 꼬바울마을 깊은 산 탄광으로 나가 탄 캐는 일을 했다. 눈이 오나 비가 오나 탄을 캐러 나갔다.

훈이네는 정 씨가 탄을 캐내는 노동으로 받은 몇 푼의 품삯으로 허기진 배를 달래가며 하루하루 근근이 살아갔다.

정 씨는 탄광으로 일 나가면 며칠 만에 돌아올 때도 있었다. 한 푼이라도 더 벌려면 그만큼 일을 더 해야 했다. 그래서 매일매일 집에 다녀갈 수가 없었다.

어머니 대실댁과 아버지 정 씨

"할머니! 학교 다녀왔어요."

"그래 잘 다녀왔니? 추운데 어서 방으로 들어가 화롯불 좀 쬐어라."

외할머니 이 씨가 학교에서 돌아온 훈이를 반겼다.

대실마을에서 살고 있는 이 씨는 농사일이 없는 농한기를 기해 딸인 훈이 어머니 대실댁의 병시중을 온 것이다.

훈이 어머니 대실댁은 일제 강점기에 넉넉하지 못한 집안에서 태어났지만, 선비 기질을 지켜온 친척들의 돈독한 사랑을 받으며 성장했다.

훈이 아버지 정 씨와 결혼해 두 아들을 낳았으나, 육이오 전쟁 중에 두 아들을 모두 잃었다. 심부름을 할 정도로 자란 맏아들과 아장아장 걷던 세 살 터울 둘째 아들이었다.

휴전 후 아들 둘과 그 아래로 딸을 하나 더 낳았다.

자신의 집은 가난하였지만, 친척들의 사랑을 받으며 별 탈 없이 성장한 대실댁의 삶은 결혼하면서부터 고난이 따랐다. 전쟁과 가난, 기근으로 인한 초근목피의 삶 속에서 두 아들을 잃었다는 것은 대실댁이 감당하기 어려운 슬픔이었다.

어린 두 아들을 죽음으로 내몬 것은 대실댁이 아니라 주변 환경 때문이었다. 그 사실을 잘 알고 있는 남편 정 씨지만, 탄광 광부의 고단한 노동을 술로 달래는 날이면 그는 어김없이 그 탓을 대실댁에게로 돌리었다. 술주정 주사가 심했던 것이다.

정 씨는 탓을 하는 것으로 끝나지 않고 대실댁에게 매번 발길질과 주먹질을 해댔다. 난폭하기 이를 데 없는 폭력은 습관처럼 반복됐다.

투병 중인 대실댁이 맞아 죽을 거 같다는 생각이 들 정도로 그 폭력은 심했다. 평소에는 세상에 둘도 없을 정도로 온순하며 다정다감하고, 선한 마음으로 베푸는 사람인데 술만 마시면 그 심성이 폭력적으로 돌변했다.

"형님! 많이 취하셨어요. 이제 쉬세요. 저는 갑니다."

"너 뭐야? 내가 취하든 말든 네가 무슨 상관이야!"

만취한 것이 걱정되어 집까지 데려다 준 이웃집 황 씨에게 고마워하기는커녕 오히려 시비를 걸 정도였다.

대실댁은 전쟁통에 위로 두 아들을 잃은 마음의 충격이 큰 데다 물리적으로 가해지는 남편 정 씨의 육체적 폭력을 감당하기 어려웠다. 거기에다 가난으로 인한 고단한 삶은 대실댁에게 평생 안고 가야 할 병을 주었다. 화병! 소위 흔히 말하는 속앓이 병이었다.

 훈이는 대실댁이 전쟁 후에 낳은 세 번째의 아들, 살아 있는 자녀 중 첫째 아들이다. 훈이 아래로 남동생 석이와, 막내 여동생 순이가 있다.

 유년 시절의 훈이는 어머니 대실댁의 품이 몹시 그리웠다.

 그러나 대실댁이 자주 앓아누웠기 때문에 품속으로 파고들 수가 없었다.

 대신 고통스러워하는 대실댁의 신음 소리 속으로 파고들어가 신음 소리를 들었다. 움츠러든 어린 가슴을 마구 후벼대는 날카롭고 예리한 칼끝처럼 차갑고 아프고 무서운 신음 소리었다. 그 신음 소리가 거세어지면 어찌할 줄 몰라 하다가, 신음 소리가 멎고 대실댁이 잠이 들면 안도의 한숨을 내쉬었다.

 대실댁은 마음 놓고 앓아눕지도 못했다.

 당장 숨이 넘어갈 듯 고통스러워하다가도 증상과 통증이 잠시 소강상태에 이르면 아픈 몸을 이끌고 집안의 이런저런 일들을 직접 해치웠다.

 병약한 몸이었지만 가사노동을 게을리하지 않았다.

 밀린 빨래감을 머리에 이고 빨래 터로 나가는가 하면, 자식들의 해진 옷을 꿰매주었다.

 밥도 짓고, 청소도 하고, 뙤약볕 뜨거운 여름날 텃밭에 나가 잡풀도 뽑아냈다.

끙끙 앓으면서 일을 하는 대실댁은 괴로웠겠지만, 훈이는 어머니 대실댁이 누워 있는 날보다 이런저런 일을 하며 활동하는 날이 참 좋았다.

그런 날은 신이 나서 대실댁 곁에 바싹 붙어 대실댁이 하는 일에 참견하고 거들었다. 늘 침울하던 집안 분위기가 모처럼 행복한 기운으로 가득 찼다.

그러나 대실댁은 건강한 날보다 병으로 인해 아파하는 날이 더 많았고, 따라서 훈이네 집안은 웃음 짓는 날보다 우울한 날이 더 많았다.

대실댁의 눈물은 마를 날이 없었다.

병환의 고통으로 인해 눈물지었고, 남편 정 씨의 술주정으로 인한 폭력 앞에 울었다. 자식들이 안쓰러워 울었고, 자신의 병이 집안의 짐이 된 것이 안타까워 눈물지었다.

대실댁의 병은 오직 아편으로만 다스릴 수 있었다.

그 외의 어떠한 약도 듣지 않았다. 아편을 오염되지 않은 증류수에 녹여 혈관 주사를 놓아야만 다스릴 수 있는 병이었다.

그러나 양귀비의 진액으로 만든다는 아편은 구할 수 있는 돈이 있다 해도 쉽게 구할 수 있는 물건이 아니었다. 법으로 제약을 받는 마약이기 때문이다.

아버지 정 씨는 아편을 구하기 위해 동분서주했다.

탄광에서 한 달 동안 탄을 캐고 받은 그 품삯을 고스란히 주고서라도 아편을 구해오곤 했다.

이러한 정 씨가 고마워서일까.

대실댁은 정 씨의 폭력에 눈물지으며, 보따리를 싸서 집을 나가겠다고 나섰다가도, 마을 밖을 미처 벗어나지도 못한 채 다시 돌아오곤 했다. 훈이랑 어린 자식들이 눈에 밟혀서 차마 떠나지 못했다.

"엄마! 가면 안 돼! 가지 마요!"

대실댁이 보따리를 쌀 때마다 훈이는 대실댁의 낡은 무명 치맛자락을 붙잡고 매달리며 애원했다. 정말 집을 나가 버릴까 봐 가슴 조였다. 대실댁이 불쌍하고 가여웠다.

어린 훈이는 어머니 대실댁에 대한 아버지 정 씨의 폭력이 어떤 성질의 것이었는지 모른다. 그 이면에 무엇이 깔려 있는지도 모른다. 아버지 정 씨의 입장이 무엇이었는지, 이것저것 생각해 볼 필요도 없었다.

훈이는 그저 아버지 정 씨의 폭력을 폭력으로만 보았다. 그래서 무조건 나쁘다고 생각했다.

어머니 대실댁은 늘 훈이를 설레게 했다.

고통스러운 신음 소리를 내던 대실댁이 평안히 잠든 모습을 보면 훈이는 마음이 설레었다. 앓아 누워 있던 대실댁이 일어나 머리를 빗고 비녀를 꽂는 모습을 보면 마음이 설레었다. 밥을 지을 때도, 빨래를 할 때도, 밭을 맬 때도, 설레었다.

'휴우! 참으로 다행이야.'

그럴 때마다 자신도 모르게 안도의 한숨을 내쉬었다.

그중에서 가장 설레게 하는 모습은 대실댁이 시장에서 장을 보고 돌아올 때였다.

땅거미가 깔릴 무렵, 집 앞 정자나무 고목에 기대어 시장 간 대실댁을 기다리다 어둠 저편에서 어슴푸레 다가오면 달려가 와락 치맛자락에 안기곤 했다.

당장 숨이 끊어져 죽을 것만 같던 병약한 대실댁, 항상 병마와 싸우느라 조마조마하게 했던 대실댁은 다행히 자리를 털고 일어나 다시 일상으로 돌아오곤 했다.

학교도 못 가고

"지금 탄광으로 일 가면 이틀 동안 집에 못 온다. 그러니 네 어머니가 너무 아파하면 학교에 가지 말고 보살펴 드려라. 동생들도 잘 보살피고."

아버지 정 씨가 훈이에게 한 말이었다.

훈이가 초등학교 4학년이 되던 해부터 어머니 대실댁의 병세가 더 악화되었다. 대실댁의 병시중을 위해 학교에 가지 못하고 결석하는 날이 잦았다. 그런 날은 대실댁의 한약을 달이고 요강을 챙기고 물수건을 적셔다가 이마의 식은땀을 닦아 주었다.

이따금 대실마을에서 외할머니 이 씨가 와서 대실댁을 돌봐주기도 했다. 상황이 안 좋을 땐 훈이가 헐레벌떡 대실마을로 달려가서 이 씨에게 알렸다. 그러나 칠순이 넘은 외할머니 이 씨는 30여 리나 떨어져 있는 거리를 이웃집 마실 오가듯 자주 오고 갈 수 없었다.

훈이가 학교에 가지 못하고 대실댁의 병시중을 드는 날엔 땔감도 마련해야 했다. 대실댁이 병환으로 누운 방에 따뜻한 군불을 지펴야 했다.

땔감을 마련하는 일은 어린 훈이로서는 참으로 힘든 일이었다. 보리밭 이랑에 아지랑이가 아른아른 피어오르는 봄날에는 더욱 힘들었다.

여름에는 갈나무를 베어 말리면 되고 가을에는 낙엽을 긁어모으면 되고 겨울에는 삭정이와 생솔가지를 잘라 때면 되지만 봄에는 달랐다.

새움이 파랗게 돋아나는 봄에 할 수 있는 나무는 고작 땅속에 박힌 고주배기 뿐이다.

곡괭이로 고주배기를 캐어 흙을 털어내고 햇볕에 말려 도끼로 장작을 패듯 패서 땔감으로 사용했다.

고주배기를 캐는 일도 힘이 부치는 일이지만 산 임자들이 자기네 산에서 나무를 못하게 했기 때문에 그들의 눈을 피해서 하는 것이 더 어려운 노릇이었다.

간혹 훈이네의 처지를 잘 알고 있는 산 임자들이 눈감아주기도 했지만 남의 산에서 땔감을 해온다는 것이 여간 마음 쓰이고 눈치 보이는 게 아니다.

훈이는 자신은 학교에 못 가고 결석하게 되었지만 동생 석이를 챙겨 학교에 보냈다.

그리고 다섯 살 된 막내 여동생 순이의 두 팔을 붙잡고 몇 번이나 다짐을 주었다.
"순이야! 오빠 나무해서 얼른 올 테니까 집 밖으로 멀리 나가지 말고 집안에서 잘 놀아라. 알았지?"
순이는 시무룩하게 고개를 끄덕였다.
훈이는 막내 여동생 순이를 참으로 애틋하게 챙겼다.

순이는 훈이가 여섯 살 되던 해 태어났다. 어머니 대실댁이 병세가 악화될 무렵에 낳은 막내 여동생이다.
순이를 출산한 후 병세가 악화되어 제대로 먹지 못해 깡마른 대실댁은 젖이 나오지 않았다. 그래서 순이는 젖동냥과 암죽으로 자랐다.
외할머니 이 씨가 순이를 안고 마을 아주머니들을 찾아가 젖동냥을 해서 키웠다. 때론 암죽을 만들어 먹였다.
이 씨가 대실마을에 다녀와야 할 때는 훈이가 대신 순이를 등에 업고 젖동냥을 다녔다.
"에구, 훈이가 동생 순이 젖동냥을 왔구나! 이리 다오."
훈이네 사정을 잘 아는 마을 아주머니들은 마다하지 않고 기꺼이 순이에게 젖을 먹여 주었다. 그럴 때마다 훈이는 고마운 마음에 울컥했다. 조금이라도 더 먹으려고 악착같이 젖을 빨아대는 순이의 모습에 목이 메었다.
젖동냥을 오고 가는 길에 훈이의 등은 순이가 싼 오줌과 똥에 곧

잘 젖기도 했다. 그렇게 순이는 어머니 젖을 제대로 먹어보지 못하고 자랐다.

　어머니 대실댁은 순이를 출산한 2년 후 산달을 두어 달 남겨 놓고 아기를 유산했다.

　"훈이야. 빨리 대실로 가서 외할머니를 모셔 오너라. 엄마가 너무 배가 아파 고통스러워한다고 말씀 드려라."

　임신되어 제법 배가 부른 어머니 대실댁이 배가 아프다고 호소하자 아버지 정 씨가 훈이에게 말했다.

　"산달은 아직 멀었는데…?!"

　훈이의 전갈을 듣고 불길한 예감에 외할머니 이 씨가 혼자 한 말이었다.

　훈이는 부랴부랴 이 씨를 모셔왔다. 서둘러 다녀왔는데도 집에 도착하자 밤이 깊었다.

　"심각해요. 너무 기운이 없어요. 이것저것 준비는 해놓았어요"

　먼저 와 있던 이웃집 아주머니가 이 씨에게 말했다.

　대실댁의 고통스러워하는 신음 소리가 문밖에서 초조한 마음으로 기다리고 있는 훈이와 정 씨에게 들려왔다.

　"훈이 에미야. 힘 좀 써봐라!"

　"훈이 엄마! 좀 더 힘을 내요."

　외할머니 이 씨와 이웃집 아주머니의 걱정하고 격려하는 말소리가 연거푸 방문 밖으로 들려왔다.

그 순간이었다.
"아악—!"
대실댁의 끊어질 듯한 외마디 비명이 들려왔다. 이어 이 씨와 이웃집 아주머니가 무어라 주고받는 말소리가 웅성웅성 들려왔다.
곧 이어 외할머니 이 씨가 아버지 정 씨를 불렀다.
"정 서방! 어서 들어오게나."
정 씨가 황급히 방안으로 들어갔다.
방안에서 부산하게 움직이는 소리가 들려왔다.
불행하기 이를 데 없는 유산이었다.
잠시 후 정 씨가 소리 없는 눈물을 흘리며 강보로 고이 싼 유산된 아기를 안고 나왔다. 그리고는 삽과 곡괭이와 함께 바지게에 지고 싸리문 밖 어둠 속으로 사라졌다.
"휴우! 참으로 다행이에요. 산모가 잘못되면 어쩌나 걱정되었어요."
이웃집 아주머니가 안도의 한숨을 쉬며 이 씨에게 말했다.
훈이가 방안으로 뛰어 들어가 보니 대실댁은 지쳐 잠들어 있었다.
훈이는 어머니 대실댁의 무사한 모습을 보고 안도했다.

산들바람을 따라 훈이는 곡괭이와 낫과 삽을 챙겨 지게를 지고 세종골 골짜기 위로 올라왔다. 세종골은 닭잘뫼마을의 동남쪽에 있는 꽤 높은 산이다.

꼭대기에 오르자 동쪽으로 멀리 예당저수지가 하얗게 보였다. 서쪽으로는 아스라이 수많은 산봉우리가 굽이굽이 쳐 보였다.

쏴아— 쏴와아—

산바람이 시원하게 불어왔다.

'와와! 시원하다!'

훈이의 답답했던 가슴이 탁 트여오는 것 같았다.

이제까지 가슴을 잔뜩 짓누르고 있던 그 무엇인가 우울한 것들이 모두 다 말끔하게 바람에 날아가는 것 같았다.

훈이는 멀리 예당저수지 쪽을 향해 가슴을 활짝 펴고 크게 한 번 숨을 들이마셨다.

"훈이 또 나무하러 왔구나?"

어느새 올라왔는지 지주 박 씨 집에서 머슴살이를 하는 김 씨가 훈이의 지게 옆에 자신의 지게를 받쳐놓고 있었다.

세종골은 지주 박 씨 집 산이다.

김 씨는 산도 지킬 겸 나무도 할 겸 올라온 것이다.

"안녕하세요? 아저씨."

"그래. 학교엔 또 못 갔구나. 어머니 많이 편찮으신가 보지?"

"네. 좀 나으신 거 같았는데 어제 저녁부터 또 심해졌어요. 아버지도 탄광에서 안 오시고……. 저어—. 오늘 여기서 고주배기 좀 캐도 되요?"

"아무렴. 얼마든지 캐거라."

곡괭이를 힘껏 내려찍으며 훈이는 생각했다.

학교 가는 것보다 어머니를 보살펴 드리는 것이 더 중요한 것이라고. 배우는 것은 언제든 또 기회가 오겠지만 어머니는 한 번 잃으면 두 번 다시 볼 수 없는 것이라고.

훈이는 공부를 아주 잘했다.

지난해 3학년 말에는 반에서 우등상도 받았다.

집안일을 돕느라 학교에 가지 못하는 날이 많았지만 밤에, 또는 틈틈이 집에서 읽고 쓰며 열심히 자습한 결과였다. 고생만 하는 부모님께 조금이라도 기쁘게 해드려야겠다고 열심히 공부한 결과였다.

훈이는 아버지 정 씨가 탄광에서 돌아오자마자 상장을 보여주었다.

"참 잘했구나! 우리 훈이도 다른 아이들처럼 결석하지 않고 매일매일 학교에만 다녔다면 더 잘했을 텐데, 모두가 이 애비가 못난 탓이구나."

정 씨는 탄 물이 시커멓게 밴 거칠어진 손으로 훈이의 머리를 몇 번이고 쓰다듬었다.

언젠가 함박눈이 마을 천지에 소복이 내려 쌓이던 추운 겨울날 저녁이었다.

그 눈길을 걸어 밤일하러 탄광으로 가는 정 씨의 뒷모습을 싸리문 밖에서 지켜보던 외할머니 이 씨가 훈이에게 말했다.

"훈이야! 이 할미는 말이다. 네 아버지가 이 세상에서 가장 훌륭하고 착한 사람이라고 생각한다."

훈이는 외할머니 말을 이해할 수 없었다.

"술만 취하면 어머니를 때리는 데도요? 저는 어머니를 때리는 아버지가 싫어요."

"그런 말 하면 못써. 이 세상에 네 아버지처럼 착한 사람 없다."

이 씨가 어머니 대실댁에게 폭력을 가하는 정 씨를 비난하는 훈이를 나무랬다.

"훈이야. 네 아버지가 무슨 일을 하고 있는지 알고 있지?"

"탄 캐는 일요."

"잘 알고 있구나. 그 탄 캐는 일은 굉장히 힘든 일이란다. 그런데도 너의 아버지는 그 일을 아주 열심히 하고 있단다."

"열심히 일을 하는 사람은 훌륭한 사람인가요?"

"그럼."

"……?!"

"훈이야. 그리고 네 아버지는 말이다. 그렇게 힘든 일을 하고 번 돈 모두를 네 엄마 약 사는 데다 모두 다 쓴단다. 그래서 착하다는 거야."

이 씨도 사위 정 씨가 딸인 대실댁에게 폭력을 쓰는 것은 맘에 들지 않았다. 그러나 병든 아내를 어떻게 해서든 살려보려고 애쓰는 것이 한편으로 안쓰럽기까지 했다.
"훈이 아버지는 깜둥이래."
훈이는 곧잘 같은 반 아이들로부터 놀림을 받았다.
탄을 캐고 돌아오는 아버지 정 씨의 시커멓게 탄가루 묻은 행색을 보고 마을 친구 광석이가 학교 반 아이들에게 이야기해 준 뒤부터였다.
시커먼 모습이 마치 깜둥이 같다고 해서 놀려대는 것이었다.
그럴 때마다 훈이는,
'왜 아버지는 하필이면 탄 캐는 일을 해서 나를 놀림감이 되게 하는 걸까?'
하며 정 씨를 원망했다.
그런데 외할머니 이 씨의 이야기를 듣고 보니 아버지를 원망했던 자신이 한없이 부끄럽게 생각되었다. 그리고 아버지 정 씨가 이 세상 그 어느 누구보다 훌륭하다고 생각했다.
그날 이후, 훈이는 부모님을 조금이라도 더 기쁘게 해 드리고 싶었다.
'하루빨리 어머니만 건강해지셨으면….'
웬만큼 곡괭이질을 끝낸 훈이는 허옇게 속 뿌리를 드러낸 고주배기를 두 손으로 잡고 힘껏 당겨 보았다. 그러나 깊이 박힌 뿌리는 좀체 뽑히지 않았다.
훈이의 이마에서 땀방울이 떨어지기 시작한 지 오래되었다.

그 땀들은 가슴을 적시고 등도 적셨다.

그러나 훈이는 포기하지 않았다. 병석에 있는 어머니 모습을 떠올려 보았다. 탄을 캐고 있는 아버지의 모습도 떠올려 보았다.

그러자 새 힘이 불끈 솟아났다. 다시 곡괭이를 들어 흙을 파냈다. 그리고 다시 힘껏 당겨 보았다.

"언제 봐도 훈이는 어른스럽구나!"

낑낑거리는 훈이를 김 씨가 거들어 주었다.

훈이는 김 씨를 무척 좋아하고 잘 따랐다.

김 씨는 전쟁터에서 총을 맞아 왼쪽 다리를 절게 되었다고 했다. 이를테면 상이용사였다. 그런데도 다른 상이용사들과는 달리 마을을 다니며 구걸을 하거나 행패를 부리지 않고 머슴살이를 하고 있었다.

가족도 없이 머슴이 되어 혼자 살고 있는 그는 언제나 얼굴에 웃음을 띠고 다녔다. 자신보다 한참 아래 나이 어린 마을 청년들이 반말을 하며 무시하고 업신여겨도 그저 '허허!' 웃었다.

주인 지주 박 씨가 허구한 날 언성을 높여 무어라 호통을 쳐도 노여워하지 않았다. 이른 새벽닭 울 때 일어나서 캄캄해져 별이 떠오를 때까지 박 씨 집의 궂은일을 했다.

이런 그를 보고 사람들은 바보라고 수군대기도 했다.

필시 훈이가 오늘 지주 박 씨의 산인 세종골에서 고주배기를 캐는 것을 보고도 못하게 막지 않은 사실을 주인 박 씨가 알게 되면 김 씨는 호되게 혼날 것이다.
"아저씨! 매번 혼나면서 왜 나무하는 저를 못하게 막지 않으세요?"
"훈이가 좋으니까."
김 씨는 싱글벙글하며 언제나 그랬던 것처럼 똑같은 대답을 했다.
"제가 뭐가 그리 좋으세요?"
"허허허! 우선 훈이가 착하기 때문이지. 사람은 무엇보다 착해야 한단다. 착하다 보면 때론 사람들로부터 업신여김을 받기도 하지만 세상 모두를 아름답게 만든단다."
그날은 김 씨가 도와준 덕분에 훈이는 나무를 보다 쉽게 할 수 있었다. 다른 날 같으면 바지게에 반도 못 채웠을 시간인데 벌써 하나 가득 채웠다. 그래서 여유롭게 둘이 칡뿌리를 캤다.
칡뿌리는 동생 석이와 순이에게 갖다 줄 것이다. 학교에서 돌아온 석이가 얼마나 배고플까 걱정되었다.
아버지 정 씨가 열심히 탄을 캐어 돈을 벌어 왔지만 그 돈은 바로 어머니 대실댁의 약값으로 다 없어졌기 때문에 훈이네는 끼니를 제대로 이어 갈 수 없었다.
대실댁이 숨이 넘어가려 할 정도로 급박한 상황에서 비상으로 사용하는 아편은 구하기도 힘들지만 그 값이 굉장히 비쌌다.
칡넝쿨 주위에는 할미꽃이 피어 있었다.

보고 싶은 시집간 딸을 찾아가다가 딸네 집이 바라보이는 고갯마루에서 그만 할미꽃이 되었다는 허리 굽은 할미꽃들이 듬성듬성 마른 풀잎 사이로 마을을 향해 피어 있었다.
훈이는 그 할미꽃들이 다치지 않게 곡괭이질을 했다.
친근해 보이면서 왠지 슬프게 느껴지는 꽃이다. 대실마을의 허리 굽은 외할머니 이 씨를 생각나게 하는 꽃이다.
"어이구! 내 새끼! 어이구! 내 새끼!"
외할머니 이 씨는 훈이네 집에 올 적마다 훈이를 보듬어 안고 주름 잡힌 눈가로 눈물을 씀벅씀벅 내었다. 그럴 때마다 훈이는 아무 말 없이 이 씨의 치맛자락에 얼굴을 파묻었다.
"자, 이제 그만 내려가자."
김 씨 아저씨가 재촉했다.
훈이는 고주배기를 가득 실은 바지게 위에 김 씨와 나눈 칡뿌리를 얹었다.
그리고 함빡 피어난 진달래꽃을 꺾어 칡넝쿨로 둘둘 말아 꽃다발을 만들었다. 꽃다발은 병석에 누워 있는 대실댁의 머리맡에 놓아 줄 것이다.
지게를 지고 세종골을 내려오는 동안 몇 번인가 넘어질 뻔했다. 비탈길이 가팔랐기 때문이다. 그러나 한 번도 넘어지지 않았다.
지난겨울 솔가지를 가득 지고 비탈길을 내려오다 지게 목발이 나무등걸에 걸려 눈구덩이에 처박혔다. 그때 아버지 정 씨가 훈이의 체구에 맞는 조그마한 지게를 새로 만들어 주었다.
"어머니! 어머니!"
지게를 벗어 토방 위에 작대기로 받쳐 놓은 훈이는 가쁜 숨을 몰아쉬며 대실댁을 불러댔다. 혹시 나무를 하러 간 사이에 대실댁이 잘못되지 않았을까 하는 다급한 마음에서였다.
"응. 엉아 왔어?"
방문을 열고 동생 석이가 나왔다.
"쉬!"
급히 방으로 들어가려는 훈이를 보고 석이가 검지손가락을 입에 갖다 댔다.
"엄마 조금 전에 막 잠들었다. 아프다고 마구 소리 지르다가."
대실댁은 모처럼 깊은 잠이 들어 있었다. 통증이 심할 때는 '아이고 나 죽네' 소리 지르다가 실신하곤 했다.
살며시 대실댁 이마에 손을 얹어보는 훈이 곁에 바짝 다가앉은 석이가 속삭였다.
"조금 전에 주사 아줌마 다녀갔어."
안골마을에서 살고 있는 주사 아줌마는 어머니 대실댁의 팔 혈관에 아편 주사를 놓아주는 아줌마다. 전쟁 당시 야전 병원에서 부상당한 병사들을 돌봐주었다는 주사 아줌마는 아편 주사를 아주 잘 놓았다.
대실댁은 숨이 넘어갈 것처럼 죽는다고 소리 지르다가도 주사 아줌마가 와서 아편 주사를 놓기만 하면 신기하게도 이내 잠에 빠져들곤 했다.

학교에서 돌아온 석이가 대실댁의 심상치 않은 신음 소리를 듣고 다급한 마음에 주사 아줌마에게 알렸던 것이다.

"또 주사 놓고 가셨니?"

훈이는 혈관 따라 푸르스름하게 주삿바늘 자국이 촘촘히 나 있는 대실댁의 앙상하게 야윈 팔을 이불로 덮어주었다.

대실댁이 아픔을 잊고 잠드는 것은 좋지만 훈이는 왠지 아편 주사라는 것이 싫었다.

"아아—!"

주사를 놓는 순간 가느다란 신음 소리를 내고 이내 축 늘어져 버리는 대실댁을 보면, 아편 주사야 말로 속앓이 병보다 더 무서운 것이라고 생각했다.

하지만 이 약이 없었다면 어머니 대실댁은 지금까지 살아 있지 못했을 것이다.

아버지 정 씨는 이 약을 아주 소중히 여겼다. 이 약이 있다는 곳이면 탄 캐는 일도 중단하고 찾아갔다.

며칠 전에도 정 씨는 탄광에서 돌아오자마자 안방 선반 위에 깊숙이 보관해 놓은 아편을 꺼내 보았다.

"얼마 남지 않았군!"

기름종이에 녹두알만큼 남아 있는 것을 보고 신음처럼 말했다.

배고프다는 것과 먹는다는 것

일요일 아침이 되었다.

일요일은 학교에 가지 않아도 된다. 훈이는 마음 놓고 집에서 어머니 대실댁을 돌봐 줄 수 있어 좋았다.

"내일 아침에 탄광에서 일 마치고 양식을 구해 오마."

해가 중천 가까이 떠올랐지만 양식을 구해 오겠다던 아버지 정씨는 웬일인지 아직 오지 않았다.

아침 끼니를 마련해야 하는데 밥 지을 양식이 없다.

어제 점심을 굶고 저녁도 마지막 남은 밀가루로 개떡 빵을 쪄 그것으로 간신히 끼니를 때웠다.

집안에 보리쌀도 밀가루도 모두 떨어졌다.

훈이는 어머니 대실댁에게 조금 남은 미음 죽을 데워 주었다.

대실댁은 두어 수저 입에 넣더니 머리를 절레절레 흔들며 먹지 못했다.

"배 속에서 안 받아서 못 먹겠다. 배고플 텐데 너희들이 먹어라."

그러나 세 남매는 먹을 수 없었다.
미음 죽은 대실댁을 위해 남겨 놓아야 한다.
그렇게 훈이와 석이, 순이 세 남매는 아침을 또 굶었다.
"엉아야! 나 배고프다."
석이가 토방 위에 주저앉아 투덜댔다.
"오빠야! 나도 배고프다."
순이도 칭얼댔다.
훈이는 배고프다는 석이를 앞세우고 순이 손을 잡고 싸리문 밖 지주 박 씨네 몰판데기로 갔다.
잘 가꾸어진 몰판데기에는 대리석으로 만들어 세운 비석이 봄 햇볕을 받아 반짝반짝 빛을 내고 있었다. 비석 언저리엔 봄기운을 타고 뗏짱풀들이 한껏 살이 올라 있었다.
"자, 이 뗏짱풀 씹어 먹어 보아라."
훈이는 대리석 비석 가에 앉아 열심히 뗏짱풀을 뜯어 석이와 순이 손에 각각 한 움큼씩 쥐어 주었다. 그렇게 뗏짱풀을 씹어 먹었다.
석이와 순이도 훈이를 따라 씹어 먹었다. 세 남매는 입술에 퍼런 풀물이 들도록 뗏짱풀을 씹어 먹었다.
달착지근한 풀물이 목구멍을 타고 비어 있는 배 속을 서늘하게 파고들었다.
뗏짱풀을 뜯는 훈이의 여린 손바닥에 마디마디 물집이 잡혀 왔다.

그 물집은 마치 탄광에 다니는 아버지 정 씨의 탄복에 덕지덕지 달라붙은 거무틱틱한 작은 탄 알갱이 같았다. 또한 일 년 내내 속 앓이 병으로 누워 있는 어머니 대실댁의 피골상접한 가느다란 팔뚝에 혈관 따라 찔러 댄 푸르스름한 아편 주사 바늘 자국 같기도 했다.

배고파서 헛것이 보이는가.

어찌 보면 밥알 같기도 했다. 톡톡 솟아오른 그 물집들이 찐득찐득한 밥알같이 보였다.

물집을 보니 가난이란 것이 무엇인지 조금 알 것 같았다.

떨어내려고 하면 할수록 더욱 진하게 달라붙는 그 모진 가난!

손가락 마디마디 쓰라려 오는 그 물집을 만지작거리면서 가난이란 한도 없이 끝도 없이 사람을 아프게 한다는 것을 알았다. 그전에는 배가 고파도 그 아픔을 잘 몰랐다.

훈이는 어서 커서 어른이 되고 싶다는 생각을 했다.

돈을 벌고 싶은 마음에서였다.

그 돈으로 어머니 병도 고쳐 드리고 싶고, 아버지의 고생도 덜어 드리고 싶었다. 언제나 배고프다는 동생 석이와 순이에게 밥도 배부르게 먹게 하고 싶었다.

"엉아야! 광석이 형네 뒤뜰 딸기가 빨갛게 익었다."

석이는 그 딸기를 따 먹고 싶었다. 그렇지만 훈이가 무어라 할까 보아 차마 따 먹자고 못했다.

"따 먹고 싶니?"

"응."

석이가 고개를 끄덕였다.

"그건 안 돼! 남의 것을 함부로 하면 안 돼!"

"그래도 하나만…?!"

"안 된대도…. 김 씨 아저씨가 사람은 착해야 한댔어."

저녁때가 되었지만 눈 빠지게 기다리는 아버지 정 씨는 오지 않았다.

'왜 안 오시는 걸까?'

양식을 구해 아침에 오겠다던 정 씨가 저녁이 되어도 오지 않자 훈이는 걱정이 되었다.

석이와 순이는 하루종일 배고프다고 보챘다.

날이 어두워지자 급기야 막내 순이가 배고픔에 삐죽삐죽 울었다.

덩달아 석이도 울었다.

"조금만 참아. 이웃집 아주머니에게 가서 밥 얻어 올 테니까 그때까지만 참고 기다려라."

훈이는 그릇을 챙겨 이웃집 아주머니를 찾아갔다.

이웃집 마당에 들어서자 닫힌 방문 창호지로 등잔 불빛이 비쳤다.

"저어—. 아주머니 계세요?"

방문이 열리고 아주머니가 나왔다.

"훈이 아니냐? 이 늦은 저녁에 웬일이니? 집에 무슨 일이 생겼니?"
"아버지가 오늘 아침까지 양식을 마련해 오신다고 했는데 아직도 안 오셨어요. 어제 점심부터 오늘 하루종일 굶은 동생들이 배고프다고 울어서요. 죄송하지만 남은 밥 있으면 좀 주세요."
"저런. 그 그릇 이리 다오."
아주머니는 저녁을 먹고 남은 보리밥 덩이를 그릇에 담아 주었다.
"그런데 남은 밥이 그리 많지 않구나. 이거라도 가지고 가서 우선 끼니를 때워라."
"감사합니다!"
얻어 온 밥은 훈이 혼자 먹을 만한 양이었다.
훈이는 자신도 배가 고팠지만 석이와 순이에게 공평하게 나누어 주었다.
자기 몫을 허겁지겁 먹어치운 석이가 순이 것을 한 수저 뺏어 입에 넣었다.
"동생 것을 뺏어 먹으면 어떻게 해!"
그 모습에 속이 상한 훈이는 큰소리로 석이를 나무라며 매몰차게 제지했다.
"엉아야! 잘못했다!"
석이는 입에 넣은 보리밥을 우물우물 씹으며 볼때기를 씰룩씰룩

대더니 씹은 음식물을 차마 넘기지를 못하고 훌쩍훌쩍 울었다.

"석아! 울지 마! 엉아가 미안해!"

훈이는 그 순간 가슴이 너무 아팠다.

누구에게 가슴을 주먹으로 맞으면 이렇게 아플까.

맞은 것도 아닌데 그저 아팠다.

맞은 것보다 훨씬 더 아팠다.

그 아픔은 목으로 올라와 목을 사정없이 아프게 하더니 입으로까지 올라왔다.

훈이는 입으로까지 올라온 그 아픔이 너무 커서 석이를 와락 끌어안고 엉! 엉! 소리 내어 울었다.

훈이가 우니까 석이가 따라 더 큰소리로 엉! 엉! 울었다.

오빠들이 우니까 삐죽대던 순이도 따라 마구 울었다.

그날 밤, 그렇게 세 남매는 울다 지쳐 잠이 들었다.

훈이가 다니는 학교에서 구호 급식을 했다.

점심 도시락을 싸 올 수 있는 처지의 아이들을 제외한, 훈이네처럼 끼니를 거르며 사는 집 아이들을 대상으로 했다.

미국에서 원조받은 유효기간이 지난 딱딱하게 굳어버린 분유가루와 옥수숫가루를 섞어 멀겋게 쑨 강냉이죽이었다. 점심시간에 그 강냉이죽을 한 국자씩 퍼 주는 것이었다.

그런데 도시락을 싸 오는 아이들은 이 강냉이죽을 한 번쯤 먹어

보고 싶은 별미로 생각했다. 훈이는 자기 몫으로 받아온 강냉이죽을 이웃집에 사는 같은 반 광석이가 먹고 싶어 할 때마다 나눠 먹었다.

며칠 전 저녁이었다.

이웃집 광석이 어머니가 훈이네 집으로 대실댁 문병을 왔다.

"잘 먹어야 하는데 이렇게 못 먹어서야 어디 기운을 차릴 수 있겠나."

대실댁을 살펴보며 광석이 어머니가 혀를 차며 한 말이었다.

그 이후로 훈이는 급식으로 주는 강냉이죽을 배가 고프다 하여 훌쩍훌쩍 마셔버릴 수가 없었다. 잘 먹어야 한다는 어머니 생각이 나서였다

이제까지와는 달리 훈이도 도시락을 가지고 학교에 왔다.

그러나 그것은 밥이 가득 찬 도시락이 아니다. 아버지 정 씨가 탄광에 가지고 다녔던 찌그러진 헌, 빈 도시락이었다.

점심시간에 훈이는 급식소에서 강냉이죽을 그 빈 도시락에 가득히 받았다.

한 국자씩 퍼 주는 것인데 급식 담당 아주머니께 사정해서 채웠다.

안 된다고 쏘아붙이던 급식 담당 아주머니가 훈이의 딱한 사정 이야기를 듣고서 가득 채워준 것이다.

"쯧쯧! 안 됐기도 해라. 그런데 그걸 어떻게 집에까지 들고 가

니? 줄줄 새 나올 텐데."

"기울지 않게 똑바로 조심해서 안고 가면 돼요. 감사합니다."

아침에 학교에 올 때는 좋았던 날씨가 집으로 돌아갈 때 되니 돌변했다. 싸래기눈이 마침 매섭게 불어오는 북서풍을 타고 훈이의 볼을 사정없이 때렸다.

학교에서 집까지는 십리가 넘었다. 몇 개의 산모퉁이를 돌고 내를 건너고 마을들을 지나야 한다. 그리고 높다란 산 고개를 넘어야 한다.

같은 반 광석이는 뿌옇게 내리는 눈보라 속을 펄쩍펄쩍 뜀박질하며 저만치 앞서 갔다.

징검다리가 뒤뚱뒤뚱 놓여 있는 돌내에 왔다.

돌내는 징검다리가 열 개나 놓여 있는 꽤나 큰 하천이다. 징검다리 위에 눈이 내려 하얗게 쌓여가고 있었다.

훈이는 미끄러지지 않으려고 징검다리에 조심조심 발을 옮겨 놓았다.

자칫하다가 아차 하는 순간에 미끄러질 수 있다. 미끄러지지 않으려고 하다 보니 자세가 자꾸 부자연스럽게 기울어졌다. 책 보따리에 책과 함께 싸서 가슴에 안은 강냉이죽이 든 도시락도 덩달아 기울어졌다.

강냉이죽이 삐죽삐죽 책 보따리 밖으로 흘러나왔다.

흘러나온 강냉이죽은 무명천 책 보따리를 흥건하게 적시고 훈이의 앞가슴 옷도 적셨다. 그리고는 그대로 차가운 겨울바람에 꽝꽝 얼었다. 몹시 추웠다. 손도 시려 왔고 발도 시려 왔고 귀도 시려왔다.

그러나 훈이의 마음은 한없이 기뻤다. 어머니 대실댁은 훈이가 이렇게 싸들고 가는 강냉이죽을 맛있게 먹을 것이다.

훈이는 대실댁을 위한 일이라면 무엇이든 할 수 있을 것 같았다. 어떠한 고생도 참아낼 수 있을 것 같았다. 대실댁이 맛있게 먹는 모습을 떠올리며 더딘 걸음을 재촉했다.

'어서 빨리 가서 삭정이불에 따뜻하게 데워 드려야지.'

훈이와 새끼 제비들

 이듬해 늦은 봄, 훈이네는 산 중턱 달잘뫼마을에서 평지인 안골마을로 이사 왔다.
 안골마을엔 주사 아줌마가 살고 있는 곳이다.
 훈이는 믿음이 가는 주사 아줌마가 가까이 있다는 것이 큰 위안이 되었다.
 안골마을엔 네 가구만 있는 닭잘뫼마을과 달리 이십여 가구가 옹기종기 모여 살고 있었다.
 새로 이사 온 집은 조그마한 텃밭이 딸린 오랫동안 사람이 살지 않은 헌 집이다.
 앞 벽이 기울어 큰 나무로 무너지지 않도록 받쳐 놓은 집이었다. 고쳐야 할 손 볼 곳이 많았다. 그러나 닭잘뫼 집에는 없던 마루가 있어서 훈이는 이사 온 집이 맘에 들었다.
 아버지 정 씨가 탄광 일을 하는 틈틈이 흙벽돌을 찍어 기울은 벽을 다시 쌓고 이곳저곳 고쳤다. 아래채 헛간도 만들어 그곳에 농기구 등 이것저것을 넣어 두었다.

이사 온 집과 텃밭은 지주 박 씨네 것이었다. 훈이네는 박 씨네에게 도지를 주고 이 집에서 살았다. 집세와 토지세를 주고 살았던 것이다.

집 앞 가까운 곳에 수백 년 묵은 거대한 느티나무 암수 두 그루가 있었다. 느티나무 밑에 마을에서 공동으로 사용하는 우물이 있었다. 안골마을 사람들은 이 나무를 정자나무라고 불렀다.

비 오는 날, 두 그루 거목의 웅대한 가지들이 비바람에 요동치는 소리는 천지를 뒤흔드는 천둥소리보다 컸다. 수많은 가지와 나뭇잎들이 일제히 소리치며 흔들리는 모습은 천둥소리와 번개보다 무서웠다.

그러나 훈이네 집안에서 바라보면 그 무서움은 사라지고 한 폭의 거대한 그림으로 보였다. 눈이 많이 내린 겨울날은 웅장한 가지에 수북하게 흰 눈이 쌓여 거대하고 아름다운 성탄 트리로 변했다.

여름 방학이 되었다.

찌는 듯이 무덥던 어느 날이었다.

훈이가 정자나무 아래 우물가에서 동생들을 씻기고 집에 돌아와 보니 제비들이 죽어 있었다. 아비인 듯한 제비는 토방 위에서 머리에 피를 흘린 채 죽어 있었고 어미인 듯한 제비는 부엌 나뭇간에서 목덜미에 피를 흘린 채 죽어 있었다.

훈이네 집 서까래 밑에 집을 짓고 새끼를 다섯 마리나 부화시켜 놓은 아비 제비와 어미 제비였다.

아버지 정 씨는 바쁜 중에도 혹시 새끼들이 실수하여 떨어질지도 모른다며 제비집 아래에 널빤지를 대어 주었다.

그런데 아직 눈도 뜨지 못한 어린 새끼들만 남겨둔 채 어찌 된 영문인지 아비와 어미가 함께 죽어버린 것이다.

"떼제비들이 해친 짓이구나!"

병세가 호전되어 며칠 전부터 거동을 하는 어머니 대실댁이 잠시 바람을 쏘이러 나왔다가 죽은 제비들을 이리저리 살펴보고 말했다.

"떼제비요?"

"응. 떼제비는 집제비처럼 집을 짓고 사는 놈들이 아니란다. 떼를 지어 다니며 집제비들을 공격하고 해치는 아주 못된 놈들이란다."

훈이는 죽은 아비 제비와 어미 제비를 싸리문 밖 복숭아나무 아래에 곡괭이로 구덩이를 파고 고이 묻어 주었다.

"이제 저 새끼 제비들이 걱정이구나! 아비와 어미가 모두 죽었으니 눈도 못 뜬 것들이 그냥 굶어 죽겠구나. 불쌍해서 어쩌나!"

대실댁이 안타까워하며 걱정을 했다.

"걱정 마셔요. 어머니. 제가 살려 보겠어요."

새끼 제비들이 너무 안쓰러워 훈이가 한 말이다.

"네가 어떻게 저것들을 살려?"

"잠자리도 잡아다 먹여 주고 파리도 잡아 먹여 주지요."
"네가 모르고 하는 말이다. 제비는 사람이 주는 건 절대로 받아 먹지 않는 날짐승이란다. 사람과 함께 한 집안에서 살지만 말이다. 받아 먹는다 해도 사람의 손때라는 그 부정을 타서 곧 죽게 된단다."
"······?!"
대실댁의 염려 걱정에도 훈이는 동생 석이를 데리고 집 뒤에 있는 싸리나무 숲으로 갔다. 새끼 제비들에게 줄 고추잠자리를 잡기 위해서였다.
싸리나무 숲에는 예쁘게 생긴 아주 작은 빨간 고추잠자리들이 무리 지어 살고 있었다. 그 수가 어찌나 많은지 싸리나무에 마치 앙증맞은 빨간 꽃들이 핀것 같았다.
'이 예쁜 것들을 잡아다 먹이로 주어야 한다니···?!'
고추잠자리를 잡으며 훈이는 마음이 편치 않았다.
'제비들이 사람처럼 밥이라든가 찐 감자 따위를 먹고 산다면 얼마나 좋을까. 그러면 고추잠자리를 잡지 않아도 될 텐데.'

몇 시간이 흘러갔는지 모른다.
훈이가 잡아 온 고추잠자리를 새끼 제비들에게 먹이려 했으나 먹지 않았다.
그러나 훈이는 포기하지 않고 고추잠자리들을 새끼 제비들 부리에 갖다 대 주었다.

열 번, 서른 번, 백 번, 하지만 여전히 반응이 없었다.

간혹 아직 뜨지 못한 눈을 꼬옥 감은 채 털도 나지 않은 벌거숭이 몸뚱이를 둥지 안에서 옴짝거릴 뿐이었다.

지쳐버린 훈이는 그만 마루 위에 털썩 주저앉고 말았다.

'정말 제비들은 사람이 주는 먹이는 안 먹는 것일까? 저대로 그냥 내버려 두면 얼마 못 가서 모두 굶어 죽어버릴 텐데 어쩌지.'

이런 생각 저런 생각을 하던 훈이는 무릎을 탁 치며 벌떡 일어났다.

'그래! 그거야. 아비 제비와 어미 제비의 목소리를 흉내 내 보는 거야.'

"찍! 찍! 찍찍찍!"

훈이는 아비 제비와 어미 제비가 먹이를 물어 왔을 때처럼 그렇게 소리를 내보았다.

아! 그랬더니 기적이 일어났다.

이제까지 아무런 반응을 보이지 않던 새끼 제비들이 거짓말처럼 일제히 입을 벌려댔다.

"찌직! 찌직! 찌직!"

서로 먼저 달라고 소리도 요란했다.

훈이는 맨 왼쪽에 있는 새끼 제비부터 고추잠자리를 먹여 주었다.

"어머니! 새끼 제비가 먹이를 받아먹었어요."
훈이는 신이 났다. 기뻐서 껑충껑충 뛰었다.
다섯 마리 모두에게 차례로 골고루 먹이를 먹여 주었다.
아비와 어미가 죽고 난 후로 한동안 굶어서인지 새끼 제비들은 쉴 새 없이 먹이를 받아먹었다.
다음 날 아침 훈이는 평소보다 일찍 일어났다.
일어나자마자 새끼 제비들이 걱정되어 둥지 앞으로 가 보았다.
그런데 이게 웬일인가?
새끼 제비 두 마리가 죽어 있었다.
'어머니의 말씀대로 사람의 부정을 탄 것일까?'
훈이는 죽은 새끼 제비들을 싸리문 밖 복숭아나무 아래 아비 제비와 어미 제비 무덤 곁에 묻어 주었다. 참으려 해도 자꾸만 눈물이 나왔다. 남은 세 마리는 반드시 살려야겠다고 다짐했다.
파리도 잡아 먹이고 고추잠자리, 메뚜기도 잡아다가 먹여 주었다.
작은 몸집의 새끼 제비가 얼마나 많이 먹는지 편지 봉투에 가득 잡아온 고추잠자리가 금세 없어졌다.
아비 제비와 어미 제비가 얼마나 많은 날갯짓을 하며 새끼 제비들을 먹여 살리고 있는가를 알 것 같았다.
며칠 후, 세 마리의 새끼 제비들이 일제히 눈을 떴다.
벌거숭이였던 몸뚱이에 솜털 같은 털도 보송보송 돋아났다.

이제는 훈이가 사립문 앞에서 "찍! 찍! 찍찍찍!" 신호를 보내면 바로 알아듣고 "찌직!" 소리 내어 반겼다.

소나기가 내린 어느 날 오후였다.

한 마리가 아침부터 자꾸 눈을 감아대고 주는 먹이도 받아먹지 않더니 해 질 무렵에 그만 힘없이 숨을 거두었다.

"참으로 안타깝구나. 그러나 실망하지 말아라. 아마 저 남아 있는 두 마리는 죽지 않고 살아남을 것 같구나. 훈이 너의 정성을 봐서라도."

대실댁이 부엌에서 내다보며 격려를 해 주었지만 훈이는 실망했다.

죽은 새끼 제비를 아비 제비와 어미 제비와 형제들이 묻힌 싸리문밖 복숭아나무 밑에 고이 묻어 주었다.

이제 다섯 마리 중 두 마리만 남았다.

훈이는 남아 있는 새끼 제비들에게 먹이 주는 것을 그만두었다.

더 이상 정이 들어 죽어버리면 훈이 자신이 너무 서럽고 슬플 것 같았다.

훈이가 먹이 주는 것을 그만두자 동생 석이가 새끼 제비들을 향해 훈이 흉내를 내며 먹이를 주려 했다.

"찍! 찍! 찍찍찍!"

하지만 새끼 제비들은 받아먹지 않았다. 귀에 익은 소리가 아니기 때문이다.

"엉아야! 새끼 제비들 배고프겠다."

채근하는 동생 석이의 성화에 훈이는 다시 먹이를 주기로 했다.

'제발 너희들만이라도 끝까지 살아다오!'

훈이의 지극한 정성과 보살핌으로 새끼 제비들은 하루가 다르게 무럭무럭 자랐다.

"찍! 찍! 찍찍찍!"

신호를 보내야만 입을 벌리던 새끼 제비들이 훈이 모습과 발자국 소리만 들어도 먹이를 달라며 입을 벌렸다.

장마철은 이미 지났는데, 그날은 하루종일 구진구진 비가 내렸다.

아래채 헛간 지붕 위에 열린 둥그런 박들이 그 비에 젖어 뭉실뭉실 부풀어 오르던 날이었다.

훈이의 손끝에 잡힌 고추잠자리를 보고 새끼 제비 한 마리가 둥지 안에서 푸덕푸덕 날아올 자세를 취했다.

잠시 후 서툰 날갯짓으로 날아와 훈이의 손등에 사뿐히 앉았다. 그리고 먹이를 받아먹은 후 둥근 박이 익어가는 헛간 지붕 위로 날아가 앉았다.

새끼 제비의 첫 날갯짓이었다.

"와―! 엄마! 새끼 제비가 날았어요!"

불가능하게만 생각했는데 새끼 제비가 날갯짓까지 하게 되었다.

훈이는 너무 기뻐서 눈물이 나왔다.

"비 맞아. 빨리 다시 둥지로 날아와! 어서!"
비를 맞다가 감기라도 걸리면 어쩌나 걱정하고 있는데 새끼 제비는 다시 제비 둥지로 날아들었다.
다음 날, 나머지 한 마리도 그렇게 첫 날갯짓을 했다.
둥지에서 헛간 지붕 위로, 헛간 지붕 위에서 다시 둥지로, 용감하게 첫 날갯짓을 했다.
'찌직!' 대던 새끼 제비들이 이제는 제법 자랐다고 '지지배배, 지지배배!' 지저귀며 떠들어대기도 했다.
이제 새끼 제비들은 훈이가 주는 먹이가 더 이상 필요하지 않았다.
배가 고프면 곧바로 날아가 산에서 들에서 먹이를 직접 잡아먹고 저녁이 되면 둥지로 돌아와 자곤 했다.
직접 먹이 사냥을 할 수 있는데도 훈이가 먹이를 들고 신호를 보내면 어김없이 먹이를 쥐고 있는 훈이 손등으로 날아와 앉아 먹이를 받아먹었다.
훈이를 알아보는 것이었다.
새끼 제비들의 그런 모습을 보며 훈이는 기쁘면서 한편으론 아쉬운 생각이 들었다.
새끼 제비들이 날갯짓을 한다는 것은 헤어져야 할 날이 가까워진 것이다.
훈이는 마음속으로 작별인사를 했다.

어쩔 수 없이 잡아 왔던 수많은 고추잠자리들이 생각나서 부탁했다.
"너희들의 날갯짓을 진심으로 축하한다. 이제 너희들 힘으로 먹잇감을 잡아먹고 살아라. 고추잠자릴랑 제발 잡아먹지 말아라."
한줄기 소나기가 지나간 어느 날 오후였다.
새끼 제비들이 이웃 제비들과 함께 훈이네 집 마당 빨랫줄에 나란히 앉아 있었다.
훈이는 자신이 기른 새끼 제비들을 바로 알아보았다.
훈이 손으로 길러진 새끼 제비들은 다른 제비들과 달리 깃털이 매끄럽지 못하고 거칠었다.
강남으로 가는 날이 가까워진 제비들은 무리 지어 안골마을 하늘을 날아다녔다.
훈이는 날아다니는 수많은 제비들 중에 자신이 기른 새끼 제비들이 있지 않을까 해서 '찍! 찍! 찍찍찍!' 신호를 보냈다.
그럴 때마다 새끼 제비들은 훈이의 손등으로 날아와 잠시 앉았다가 다시 드넓은 하늘로 날아가곤 했다.
어느덧 쌀쌀해지는 가을이 왔다. 모든 제비들이 철새 도래지 강남으로 날아갔다. 새끼 제비들도 함께 날아갔다.
아쉬워하는 훈이에게 마을 어른들이 흥부와 제비 이야기를 해주며 반드시 기쁜 일이 생길 거라고 칭찬해 주었다.
이듬해 3월, 강남으로 갔던 제비들이 다시 안골마을로 돌아왔다.

"지지배배! 지지배배!"

훈이가 싸리문 안으로 들어설 때였다.

두 마리의 제비가 열려진 부엌문 위에 나란히 앉아 훈이를 바라보며 무어라 열심히 지저귀고 있었다.

"어! 새끼 제비들이 다시 돌아왔나!? 찍! 찍! 찍찍찍!"

훈이는 전에처럼 제비들을 불러 보았다.

그 순간, 획—! 획—! 날갯소리와 함께 두 마리의 제비가 약속한 듯이 동시에 훈이의 어깨 위로 날렵하게 날아와 앉았다.

강남 갔던 훈이의 새끼 제비들이 몇 달 만에 어엿한 어른 제비가 되어 다시 돌아온 것이다.

"어머니! 어머니! 새끼 제비들이 돌아왔어요."

훈이는 너무 기뻐 후다닥 안방 문을 열었다.

한달음에 방안으로 뛰어들던 훈이는 멈칫했다.

겨우내 병석에 누워 있던 어머니 대실댁이 아주 오랜만에 다시 기운을 차리고 일어나 앉아 환한 얼굴로 곱게 머리 단장을 하고 있었다.

"아! 어머니!"

훈이는 대실댁 품안으로 와락 달려들어 안겼다.

조금 전 새끼 제비들이 훈이에게 했던 것처럼 그렇게.

6학년 담임 선생님

한 해가 훌쩍 지나 훈이가 초등학교 6학년이 된 해 3월 초순이었다.

아직도 안골마을 뒷산 응달진 숲속엔 겨울에 내린 눈들이 녹지 않고 하얗게 쌓여 있었다. 3월이라고는 하지만 아직 겨울이나 다름없이 추웠다.

그날은 3월 눈이 내렸다. 3월에 내리는 눈치고는 제법 많은 양의 눈이 내렸다.

훈이는 학교 수업을 마치고 눈길을 걸어 서둘러 집으로 돌아왔다.

집에서 할 일이 너무나 많았다.

늘 해왔던 대로 산으로 가서 땔감으로 사용하는 나무를 해 와야 했다. 그 땔감으로 앓아누워 있는 어머니 대실댁의 방에 군불을 지펴야 했다.

이제 3학년이 된 남동생 석이가 제법 의젓해졌다.

훈이가 없을 때에는 대신 대실댁의 병시중을 들기도 했으며 막내 순이를 잘 보살피기도 했다.

아이들은 자라온 환경이 가혹할수록 그만큼 일찍 어른스러워지는가 보다.

석이도 훈이를 닮아 누가 시키지 않아도 제 또래 아이들과 어울려 놀기보다 자신이 할 수 있는 집안의 일을 먼저 했다.

일곱 살이 된 순이도 그 또래 어린아이답지 않게 눈치가 빨랐다. 오빠들이 해 주기 전에 자신이 할 수 있는 것은 스스로 잘 알아서 했다.

훈이는 석이와 순이가 곁에 있어 참 든든했다.

지금도 두 동생을 챙겨줘야 할 것들이 많지만, 지난날에 비하면 아무것도 아니다. 그것만도 다행스럽다.

1년만 더 지나면 막내 순이도 초등학교에 들어갈 것이다. 그러면 더 상황이 좋아질 것이라고 훈이는 생각했다.

"엉아야! 팽이 좀 만들어 주라."

"오빠야! 나도 만들어 줘."

동생들이 학교에서 집으로 돌아온 훈이를 보챘다.

훈이는 지난겨울 널빤지와 철사를 구해다 썰매를 만들어 두 동생에게 주었다. 놀잇감으로 연과 딱지, 윷가락도 만들어 주었다.

석이와 순이는 그것들을 가지고 지난 한겨울 재미있게 놀았다.

집 앞 논배미 얼음판에 가서 썰매를 타기도 했고, 논둑에서 연을 날리기도 했으며, 마당에서 딱지치기와 윷놀이도 했다.

훈이는 나무를 하러 가야 했지만 먼저 동생들에게 팽이를 만들어 주기로 했다.

뒤뜰로 가서 팽이를 만들기에 적당한 밤나무 가지를 톱으로 잘라 왔다. 토방 위에 잘라온 밤나무 토막을 절반쯤 올려놓았다. 그 부분을 석이에게 올라가 발로 밟고 있게 하고 낫으로 반대편 끝을 뾰족하게 깎아 잘 다듬었다. 그런 다음 톱으로 적당한 크기로 잘라냈다. 그러자 훌륭한 팽이가 되었다.

"자! 팽이 치며 놀고 있어라. 나는 빨리 나무해 가지고 올게."

"엉아야! 나도 나무하러 같이 가고 싶다."

석이가 따라간다 했다.

"다음에 같이 가. 조금만 해서 얼른 올게."

훈이는 지게를 지고 낫을 들고 뒷산으로 올라갔다.

산 임자가 보면 못하게 할 것이다. 그래서 마을에서 나무하는 모습이 보이지 않는 으슥한 지형으로 들어갔다.

나무를 하다 보니 어느덧 서산에 걸린 저녁 해가 지고 있었다. 쏴아! 하고 산바람이 차갑게 불어왔다.

어두워지기 전에 일을 마쳐야 했다. 서둘러 소나무 삭정이와 생솔가지를 낫으로 잘라 바지게에 얹었다.

땅거미가 깔리기 시작했다. 땅거미가 깔리고 나면 금방 어두워질 것이다. 훈이는 마음이 급해졌다. 눈꽃이 핀 앉은뱅이 갈잎나무 가지를 급하게 베어내다 그만 오른쪽 발등을 낫 끝에 찍히고 말았다. 상처가 제법 깊었다. 금세 줄줄 피가 흘러나왔다.

그 핏방울은 흘러내려 하얀 눈을 녹여 들어가고 있었다. 훈이는 급히 속옷을 찢어 상처를 동여매었다. 연분홍 봉우리를 지은 진달래가 옆에서 안쓰러운 듯 지켜보고 있었다.

진달래꽃을 보니 초등학교 4학년 때 우연히 읽었던 김소월 시인의 시 「진달래꽃」이 생각났다.

그해 가을 어느 날이었다. 닭잘뫼마을 이웃에 살던 승구네 집이 서울로 이사를 갔다.

그날 서울에서 대학을 다닌다는 승구 큰형이 마당에 버리고 간 문학 잡지를 주워 읽었다.

훈이는 그 잡지에서 김소월 시인의 시 「진달래꽃」을 처음으로 읽어보았다.

처음 그 시를 읽었을 때 어린 마음으로 그 깊은 뜻과 의미는 잘 알 수 없었으나 왠지 슬펐다.

훈이는 자주 병석에 누워 있는 어머니 대실댁이 그 병을 이기지 못하고 어느 날 갑자기 자신을 남겨 놓고 저세상으로 떠날 것만 같았다.

"나 보기가 역겨워/가실 때에는/말없이 고이 보내 드리우리다"

시를 읽자니 마치 자신과 대실댁이 이 시의 주인공처럼 다가왔다.

어머니 대실댁이 훈이 자신의 곁을 떠날 때 과연 자신은 어머니를 말없이 고이 보내 드릴 수 있을까 생각해 보았다.

저세상으로 가는 어머니가 걸음걸음 즈려밟고 가시라고 가는 길에 진달래꽃을 아름 따다 뿌려 드릴 수 있을까. 어머니가 저세상으로 가실 때 눈물을 흘리지 않을 수 있을까 생각하며 마냥 슬퍼했던 것이다.

하얀 눈에 빨간 물을 들이고 있는 자신의 핏방울을 바라보고 있자니 그때처럼 슬펐다.

훈이는 김소월 시인의 이 시를 접하고 시인이 되겠다는 마음을 다졌다.

어서 집으로 가서 대실댁의 방에 따뜻한 군불을 지펴야겠다는 마음에 상처에 대한 슬픔과 아픔을 잊었다.

집으로 돌아오니 5학년 때부터 담임을 맡은 담임 선생님이 가정 방문을 왔다.

선생님은 훈이의 중학교 진학 문제를 놓고 아버지 정 씨와 상의하기 위해 가정 방문 온 것이다.

6학년 첫날 수업을 마친 후였다. 담임 선생님이 훈이를 불러 말했다.

"훈이야! 너 과외 수업하고 가거라!"

중학교 진학을 위해 과외 수업을 하라는 것이다.

과외 수업은 정규 수업이 끝난 후 중학교 진학을 하는 아이들만

별도로 모아 수업하는 진학 시험을 위한 공부다.
"선생님 저는 형편이 과외비를 낼 수 없어요."
과외비는 과외 수업을 해 준 담임 선생님께 감사의 표시로 보리 추수 때 보리 한 말, 벼 추수 때 벼 한 말 드리는 것이다.
"누가 너 보고 과외비 내라고 하던? 너는 반드시 진학을 해야 한다."
"저어, 죄송해요! 집에 가서 할 일이 너무 많아요. 아프신 어머니도 돌봐드려야 하고요."
훈이는 스스로 중학교 진학을 포기했다.
가정 형편을 보아 그리 해야 한다고 생각했다.
그렇지만 공부에 대한 열정은 그 어느 누구보다 뒤지지 않았다. 진학은 못 하더라도 공부하는 그 순간만은 열심히 했다. 그래서인지 학업 성적은 늘 상위에 있었다. 그러한 훈이를 담임 선생님은 안타까워했다.
탄광에서 돌아온 정 씨와 담임 선생님은 훈이의 중학교 진학 문제를 놓고 꽤 오랜 시간 동안 대화를 나누었다.
멈췄던 함박눈은 속절없이 다시 펑펑 쏟아졌다.
"훈이가 아주 영리합니다. 그 재능이 아깝습니다."
선생님은 형편이 아무리 어려워도 진학을 시키자는 주장이었다.
"저도 아비로써 왜 안 시키고 싶겠습니까? 가슴이 쓰립니다. 그러나 형편이 보시다시피…."

반면 정 씨는 형편이 어려운 만큼 진학을 시킬 수 없다는 주장이었다. 그 결말은 쉽게 나지 않았다.

두 사람은 술을 무척 좋아했다.

훈이는 밤이 이슥해지도록 술 심부름을 했다. 막걸리 주전자를 들고 행십이마을에 있는 주막집을 몇 번이고 들락거렸다.

주막집을 오고 가며 아버지한테도 선생님한테도 죄송한 마음이 들었다.

술 심부름을 하며 결말이 어떻게 나는지 뒤쪽 방문 옆 굴뚝 곁에 쪼그리고 앉아 귀를 기울였다.

막걸리 주전자를 몇 차례인가 비워내고 나서야 두 사람은 결론을 내렸다.

진학 시험을 보게 하여 장학생으로 합격되면 진학을 시키기로.

진학 시험을 볼 수 있도록 했지만, 방과 후 돌봐야 할 집안 가사 일 때문에 과외는 시키지 않기로 했다. 대신 과외 과제물을 갖고 집에서 자습하도록 했다.

하지만 아버지 정 씨 입장에서 훈이가 중학교로 진학한다는 것은 엄청난 부담이 가는 결론이었다.

어느새 3월 눈발은 그치고 밤하늘의 초승달마저 지고 있었다.

무더운 여름밤이었다.

쑥부쟁이와 잡풀들을 올려놓은 모깃불이 훈이네 마당 가에서 조용히 타고 있었다.

모깃불에서 피어오른 연기가 마당의 모기들을 쫓아냈다.

덕분에 더위를 피해 마당에 멍석을 깔아 놓고 나란히 누운 훈이와 아버지 정 씨는 모기에 뜯기지 않을 수 있었다.

함께 누웠던 석이와 순이는 이미 잠이 들어 정 씨가 방으로 안고 가 뉘었다.

참으로 모처럼 훈이와 정 씨는 단둘이 한자리에 누웠다.

훈이는 늘 아버지 정 씨가 무서웠다. 그리고 불안했다.

그 무서움은 병이 악화되고 깊어질까 봐, 그래서 숨지면 어쩌나, 하는 속앓이 병을 앓고 있는 어머니 대실댁에 대한 무서움과는 아주 성질이 달랐다.

탄광에서 일 마치고 술에 만취되어 올까 봐, 그래서 술주정과 폭력을 휘두를까 봐 무섭고 두려웠다.

어머니에 대한 무서움과 불안은 보호 본능의 것이라면, 아버지에 대한 무서움과 불안은 방어 본능의 것이다.

그래서일까. 아버지가 남처럼 느껴졌다.

훈이의 마음은 늘 아버지 정 씨로부터 방어적으로 달아나, 어머니 대실댁을 향해 보호적으로 달려갔다. 아주 어린 시절부터 그랬다.

아버지 정 씨는 탄을 캐는 고된 노동으로 훈이를 먹이고 입히고 가르치고 있다.

당연히 훈이의 마음은 어머니 대실댁에게로 가듯 아버지 정 씨에게로도 가야 한다. 아니 가지 않더라도 달아나지는 말아야 한다. 그러나 훈이의 마음은 그렇게 되지 않았다.

훈이는 아버지 정 씨와 마당의 멍석에 단둘이 나란히 누워 있지만 아주 멀리 떨어져 있는 느낌이었다.

정 씨에게 말을 붙이기가 어려운 훈이는 얼굴 가득 쏟아져 내릴 듯 보이는 밤하늘 별들을 말없이 쳐다보았다.

별들을 보니 가슴이 저렸다. 저리다 못해 올려다보고 있는 그 상태로 그냥 영원히 잠들어 버리고 싶었다.

달이 없던 그날 밤하늘이 더 그랬다. 달이 없기에 별들이 확연히 더 드러나 보여 더 저렸다. 그때였다.

"훈이야!"

정 씨가 누워 하늘을 올려다보고 있는 채로 훈이의 손을 잡으며 조용히 불렀다.

"네, 아버지!"

"저 서쪽 하늘에 가장 빛나는 별 보이지?"

정 씨가 손가락으로 가르킨 곳을 보니 손에 잡힐 듯 유난히 큰 별이 반짝였다.

"네."

"저 별 이름이 금성이란다. 그리고 개밥바라기, 또는 샛별이라고도 한단다."

"개밥바라기요?"

이름이 특이하고 재미있었다.

"개밥바라기는 개밥 주는 그릇이란다."

아니, 왜, 어찌하여, 무엇 때문에, 저렇게 밝고 예쁜 별이 개밥 주는 그릇이 되었을까?

훈이는 의아심이 들었다.

"저 금성은 초저녁 서쪽 하늘에서 보일 땐 개밥바라기라 하고 새벽 동쪽 하늘에 나타날 땐 샛별이라고 한단다."

그날 밤, 아버지 정 씨는 밤하늘의 별들에 대한 이런저런 이야기를 훈이에게 들려주었다.

"훈이야. 아버지에게 하고 싶은 이야기 없니? 있으면 해라."

"……?! 없어요."

훈이는 꼭 하고 싶은 말이 있었지만, 않기로 했다.

술을 먹지 말고 먹더라도 조금만 먹으라고 말하고 싶었다.

또한 술 먹고 집에 와 술주정을 하지 말고 폭력을 쓰지 말라고 말하고 싶었다.

그러나 없다고 대답했다.

그동안 몇 차례나 정 씨가 하고 싶은 말을 하라 해서 말했으나, 고쳐지지 않았기 때문이다.

"잘 안다. 네가 내게 하고 싶은 말이 뭔지 잘 안다. 아버지도 그렇게 하려고 마음먹는데 잘 안 되는구나."

누워서 대화를 나누기 때문에 표정을 볼 수 없었으나, 정 씨의 말에 쓸쓸한 외로움이 배어 있다고 훈이는 생각했다.
"부모를 잘못 만나 네가 고생이구나!"
정 씨로부터 처음 듣는 말이었다.
"……?!"
그 말을 듣는 순간 훈이는 자신이 이제까지 전혀 몰랐던 무엇인가 새로운 것을 알 것 같았다.
그것은 훈이가 느껴보지 못한 새로운 슬픔을 느끼게 했다. 그리고 울컥하게 했으며 자신도 모르는 사이 눈가에 눈물이 고이게 했다.
"아녀요. 아버지!"
훈이는 그동안 아버지는 물론 어머니를 잘못 만났다고 생각해 본 적이 한 번도 없었다.
그저 아픈 어머니가 안쓰럽고 불쌍하다고만 생각했다. 아버지는 고된 노동으로 힘들고 고단하겠다고만 생각했다.
그래서 조금이라도 자신이 부모님에게 힘이 되고 싶었다.
그날 이후로 아버지 정 씨도 어머니처럼 안쓰럽고 불쌍하다고 생각했다.
그래도 정 씨의 주사와 폭력만은 이해가 안 되었다.

중학생이 되다

훈이가 중학생이 되었다.

"훈이야! 이따 점심시간에 점심 먹고 교무실 앞 계단으로 구두통 들고 오너라."

체육 선생님이 체육 수업을 마치고 훈이에게 한 말이었다.

훈이가 점심 도시락을 먹고 구두통을 들고 약속 장소에서 나가니 체육 선생님이 먼저 와 기다리고 있었다.

"선생님! 이 구두통 위에 발 올려놓으세요. 구두 닦아드릴게요."

훈이는 구두통을 체육 선생님 앞에 내려놓았다.

"아니다. 네가 내 구두를 신고 구두통에 올려놓아라. 오늘 내가 구두를 제대로 닦는 법을 알려주마. 나도 과거에 구두를 닦으며 공부했다."

"……?!"

별도로 가져온 운동화로 갈아 신은 체육 선생님이 자신의 구두를 훈이에게 건넸다.

"잘 보거라. 처음 먼지는 구두솔로 이렇게 털어내야 효과적이다. 구두약을 바를 때도 아무렇게 바르는 게 아니다. 가죽의 결을 따라 발라야 하며 솔질도 적당한 힘을 가해 이렇게 한 방향으로 해야 한다."

체육 선생님은 아주 능숙한 솜씨로 구두를 보다 잘 닦는 방법에 대해 시범을 보이며 훈이에게 자세하게 알려주었다.

"중요한 것은 솔로 구두약을 잘 발라 놓아야 광을 내기가 쉽다. 처음에 구두약을 잘못 발라 놓으면 광이 나지 않고 약이 밀려 거칠게 된다. 그땐 미련 없이 헝겊을 이렇게 둘둘 말아 힘을 주어 잘못 바른 구두약을 벗겨내고 다시 구두약을 발라야 한다. 그리고 광을 잘 내려면 이렇게 해야 한다. 잘 봐라."

체육 선생님은 천에 약간의 물과 구두약을 묻혀 광을 내는 방법까지도 자세히 알려주었다.

"자, 나머지 한쪽은 내가 알려준 대로 네가 닦아보아라."

훈이는 배운 대로 체육 선생님의 남은 한쪽 구두를 닦았다.

닦는 도중 서툰 부분은 체육 선생님이 바로 잡아주었다.

"역시 훈이 너는 머리가 좋아. 바로 터득하네. 하하!"

훈이가 구두를 닦는 모습을 보며 체육 선생님이 만족한 듯 웃었다.

체육 선생님이 알려 준대로 하자 금방 구두에 반짝반짝한 광이 입혀졌다.

"선생님! 감사합니다."
"그래. 장하다. 고생은 사서도 한다는 말이 있잖니? 고생스럽더라도 힘내! 나중에 좋은 결과 있을 거야. 선생님이 응원한다. 홧팅!"
"네, 선생님! 파이팅!"
훈이가 입학한 중학교는 설립된 지 몇 년 안 되는 옥계리 장터 인근에 자리 잡은 사립학교다.
훈이는 초등학교 6학년 담임 선생님이 확신한대로 중학교 입학시험에서 수석으로 합격했다.
덕분에 3년 동안 수업료가 전액 면제되는 장학 혜택을 받았다.
중학교 1학년 담임 선생님인 영어 선생님이 훈이네의 형편이 어렵다는 것을 알고 학교 선생님들의 구두를 틈틈이 닦도록 했다. 매월 말일에 그에 상응하는 수고비를 장학금으로 지급하는 배려를 해 주었다.
체육 선생님으로부터 보다 효과적으로 구두 닦는 방법을 터득한 훈이는 방과 후에 인근 옥계시장 통으로 나가 구두를 닦았다.
그렇게 구두를 닦아 모은 돈은 자신과 동생들의 학용품 구입비와 어머니 대실댁을 위한 과일 등을 사는 데 사용했다. 남을 경우 액수가 얼마가 되었든 대실댁에게 주었다.
"가지고 있다가 학용품 등 필요한 것 사지 그러니?"
대실댁은 훈이가 대견해 두 손을 꼭 잡아주었다.

훈이가 중학생이 된 후로 늦게 귀가하는 바람에 동생 석이의 역할이 많아졌다.
"석이야! 힘들지?"
훈이는 석이가 안쓰러웠다. 그리고 석이에게 미안했다.
"엉아야! 괜찮다."
"늦게라도 내가 와서 할 테니 급하지 않은 일은 하지 마라."
석이 이제 초등학교 4학년이 되었고 순이는 1학년이 되었다.
훈이는 자신의 4학년 때를 생각하며 되도록 석이가 의기소침하지 않도록 신경 쓰고 챙겼다.
구두를 닦아 번 돈으로 석이에게 크레파스를 사 주었다. 순이에게는 연필 한 다스와 예쁜 공책을 사 주었다.
"엄마! 엉아가 나 크레파스 사 주었어요."
"엄마! 나도 오빠가 이거 사 주었어요."
석이와 순이는 훈이가 사준 것들을 대실댁에게 보여주며 좋아했다.
훈이는 늦은 밤까지 집안의 이런저런 것들을 챙기고 나면 공부할 시간이 없었다. 밀린 공부를 하느라 어느 땐 어두운 등잔불 밑에서 엎드려 새벽닭 홰치는 소리가 들릴 때까지 예습과 복습을 했다. 그럴 때는 부모님이 그만 자라며 등잔불을 끄곤 했다.
훈이 중학교 2학년이 되었다.
'새벽종이 울렸네. 새 아침이 밝았네! 너도나도 일어나 새마을을

가꾸세!'

농한기가 되자 안골마을 어른들은 정부에서 추진한 새마을운동 사업에 자주 동원되었다.

새마을사업은 제3공화국 정부가 1960년대 말 농경 산업을 공업 산업으로 추진한 사업에 이어 전개한 소위 '잘 살아 보기' 운동이었다.

이에 앞서 정부는 1965년 이 땅의 재건을 구실로 일본과 한일협정을 통해 다시 국교를 맺었다.

7개 조로 구성된 한일 기본조약은 '대한민국과 일본국 간의 기본 관계에 관한 조약'이다. 여기에 4개의 부속협정과 25개의 문서로 구성되어 있다.

이 한일협정은 일본의 침략 사실 인정과 가해 사실에 대한 진정한 사죄가 선행되지 않았다. 이 부실한 협정은 후에 일제 강점기 당시 피해자 보상과 위안부 보상 문제 등의 원인이 되었다.

청구권협정을 통해 일본은 우리의 땅에 투자한 자본과 일본인의 개별 재산을 포기했다.

정부는 일본으로부터 3억 달러의 무상 자금과 2억 달러의 차관을 받았다. 이 자본으로 전국에 산업공단을 조성하고 새마을운동을 펼치기 시작했다.

1970년 10월부터 1971년 6월까지 겨울철 농한기 동안 전국의 33,267개의 리와 동에 시멘트를 335부대씩 무상으로 지급했다. 이 시멘트로 마을 주민 협동으로 환경개선사업을 추진하도록 했다.

마을 안길을 정비하도록 했으며 초가집 지붕을 볏짚 대신 슬레이트와 함석으로 바꾸도록 하고 담장을 바로잡아 세우게 했다.

1972년부터는 주민 지도자의 발굴 훈련과 그 활용에 역점을 두었다. 이에 따라 생활 영농기반조성사업과 함께 의식계발사업, 생산소득사업 등을 전개했다.

안골마을도 정부 정책에 따라 길을 넓히고 개울에 다리를 놓는 사업을 펼쳤다. 이 새마을 사업에 한 가구당 한 명씩 차출되었다.

"형님네도 내일 새마을 사업에 나와야 해요."

어느 가을날 저녁 이장이 훈이네를 찾아와 아버지 정 씨에게 말했다.

"이장 아우 자네가 알다시피 우린 나갈 사람이 없네. 나는 내일 일찍 탄광으로 일 나가야 하고 집사람은 저리 앓아누워 있지 않은가."

"형님네 사정은 딱하지만 마을 공동으로 하는 일이라 나도 어떻게 해야 할지 난감하네요."

"아저씨, 제가 가면 안 될까요?"

훈이가 자청하고 나서자 이장이 말했다.

"네가? 글쎄다. 마을 사람들이 너를 인정해 줄지 그게 염려되는구나."

이장이 어린 훈이를 생각해서 한 말이었다.

"너는 학교 가야지."

아버지 정 씨는 훈이가 중학교에 들어간 후로 되도록 결석하지 않도록 신경을 썼다.

"괜찮아요. 아버지, 제가 결석하고 나갈게요."

다음 날 아침 훈이는 학교에 가는 대신 바지게에 삽과 곡괭이를 얹어 마을 안 개울에 다리를 놓는 현장으로 나갔다.

"안녕하세요? 안녕하세요?"

훈이는 현장에 모인 마을 어른들에게 일일이 인사했다.

"아니 네가 여기는 웬일로 왔니?"

"네, 일하러 왔어요."

훈이의 대답에 마을 어른 몇몇이 한마디씩 말했다.

"네가 이 일을 하러 왔다고?"

"네가 어찌 이 힘든 일을 한다니?"

"넌 힘이 달려 못한다."

"이장! 어린아이를 한몫으로 친다니 이게 말이 되나?"

이장이 무어라 말하려는데 훈이가 앞서서 말했다.

"제가 어려서 힘이 좀 달려도 웬만한 일은 할 수 있어요. 지게질도 어느 정도 할 수 있어요. 곡괭이질도 그리고 삽질도요."

"……?!"

훈이의 당찬 말에 마을 어른들이 침묵했다.

이장이 나서서 말했다.

"여러분들 말씀은 충분히 잘 알아들었습니다. 훈이가 어려서 한 몫으로 치기에는 형평성이 안 맞는다는 말씀 틀리지 않습니다. 그러나 어린아이의 맘이 기특하지 않습니까? 어른들로서 격려하는 마음으로 박수로 인정해 주시면 어떻겠습니까?"

이장의 말이 끝나자 이의를 제기한 사람을 포함해 마을 어른들이 일제히 박수를 쳤다.

"어르신들, 아저씨들, 형님들, 모두 감사합니다. 열심히 하겠습니다."

마을 어른들께 큰소리는 쳤지만 훈이는 너무 힘들었다.

40킬로그램 무게의 시멘트를 지게로 져 나르는 것이 제일 힘들었다.

무거운 시멘트는 가냘프고 작은 어린 훈이의 몸을 사정없이 짓누르는 것이었다.

과중한 짐에 다리가 후들후들 온몸이 휘청거렸다. 현기증이 났다.

훈이는 이를 악물고 견디었다. 견디면 견디는 만큼 땀이 되어 온몸을 적시었다.

지게질은 힘보다 이력과 요령으로 하는 것이지만 자신의 몸무게보다 월등히 많은 무게의 짐을 지려면 웬만한 힘도 있어야 한다.

오전 새참으로 막걸리가 도착하자 어른들은 너도나도 막걸리를 벌컥벌컥 들이켰다.

"힘든 일을 견디게 하는 것은 이 막걸리보다 좋은 게 없어."
누군가가 하는 말을 듣고 훈이는 생각했다.
'탄광 일은 이런 일보다 더 힘들 텐데 그래서 아버지가 술을 그리 많이 마시는가!?'
아버지 정 씨가 하루가 멀다하고 술에 취해 오는 것을 조금은 이해할 수 있을 것 같았다.
어른들은 점심때도 오후 새참 때도 막걸리를 마셔댔다.
마치 일하러 나온 것이 아니라 막걸리를 마시러 나온 것 같이 마셨다.
"네놈은 일제 앞잡이였잖아! 이놈아!"
"이놈이! 네놈은 빨갱이 앞잡이 노릇 했잖아!"
막걸리는 어른들을 취하게 하고 싸움이 되게 했다.
그렇게, 그날 안골마을 새마을 사업은 끝났다.

훈이 중학교 3학년 초 아침 전체 조회 시간이었다.
전과 같이 모든 전교생들이 운동장에 집합했다.
"오늘은 특별한 날입니다."
연단 위에서 훈시를 마친 교장 선생님이 말했다.
"당사자인 개인에게도 영광스런 날이지만 우리 학교의 영광스런 날입니다. 3학년 훈이 학생이 문교부장관상을 받는 날입니다. 우리 모두 큰 박수로 축하합시다. 내가 대신 수여하겠습니다. 훈이 학생

연단으로 올라오세요."

상장을 받아든 훈이는 기쁘기도 했지만 만감이 교차했다.

그날 밤 늦도록 탄광으로 일 나간 아버지 정 씨는 귀가하지 않았다.

걱정이 되어 공동묘지 서낭당 쪽으로 마중을 나갔다.

어둠 저편에서 탄광에서 사용하는 카바이드 간드레 불빛이 출렁거렸다.

서둘러 가까이 다가가니 술에 취해 비척이며 정 씨가 오고 있었다.

"아버지!"

훈이는 달려가 간드레를 받아 대신 들고 정 씨의 팔을 끼어 부축했다.

"아버지 약주 너무 많이 드셨나 봐요? 좀 조금만 드시지요."

언젠가 '약주'를 '술'이라고 말했다가 정 씨가 버릇없다며 야단을 친 기억이 떠올랐다.

"그래 한잔 했다. 어서 가자."

훈이는 정 씨가 혼자 걸어올 수 있을 정도로 마신 것을 다행이라고 생각했다.

훈이 초등학교 6학년 때 어느 겨울밤이었다.

늦은 밤 노전리 마을 주막에서 정 씨를 부축하고 집으로 오던 길이었다. 훈이와 석이는 술로 고주망태가 된 정 씨의 팔을 양쪽에서 끼고 눈길을 걸었다.

힘이 달려 비척대는 정 씨의 몸을 감당하지 못한 형제는 좁은 길에서 미끄러져 길 아래 논바닥으로 정 씨와 함께 굴렀다.

"석이야. 우리 이담에 크면 절대로 술 먹지 말자!"

"그래 엉아야. 난 절대 안 먹는다."

그때 훈이와 석이는 서로 맹세했다.

그때에 비하면 오늘은 아주 양호한 편이다.

집에 도착하자 정 씨는 그동안 해 왔던 대로 이런저런 술주정을 부렸다.

"아버지. 저 오늘 문교부장관상 받았어요."

훈이는 분위기와 상황을 바꾸기 위해 상장을 정 씨 앞에 내밀었다.

"어! 네가 장관상을 받았어? 장하다."

정 씨는 이어 혀 꼬부라진 노래를 불렀다.

"어―머어니임의 손으을 노오코 돌아아 서어얼 때에에엔……."

정 씨의 이러한 주정은 잠들기 전 반드시 거쳐야 하는 하나의 통과의례가 되었다.

훈이가 중학생이 된 후로 다소 호전되었던 어머니 대실댁의 병세가 3학년 여름 방학이 지나고부터 다시 악화 되었다.

이즈음 훈이네 반은 고등학교 진학 이야기로 이런저런 말이 오고 갔다.

"자신의 실력에 맞는 고등학교를 선택해야 합격해서 들어갈 수 있으니 선생님과 상의해서 원서를 사기 바란다. 우리 반에서 유일하게 훈이만 자신이 가고 싶은 학교를 맘대로 골라갈 수 있다."

"우와―!"

종례 시간에 담임 선생님이 한 말에 반 동무들이 일제히 훈이를 부러워했다.

"그럼 훈이는 어느 고등학교든 합격할 수 있다는 말씀이네요?"

"그렇다. 현재 우리학교 모든 학생 중 유일하게 실력과 아이큐 등 모든 것을 감안해서 이담에 서울대학교를 들어갈 가능성이 있는 학생은 훈이 한 명뿐이다."

또 한 번 반 동무들이 일제히 감탄했다.

종례 후 담임 선생님이 교무실로 훈이를 불렀다.

"훈이야! 너도 진학해야지?"

"잘 모르겠어요."

"선생님이 생각한 건데 말이다. 고등학교도 장학생으로 학비를 전액 면제받을 수 있고 졸업해서 직장까지 얻을 수 있는 학교가 좋을 거 같은데 네 생각은 어떠니?"

훈이는 선뜻 대답할 수 없었다. 집안 사정과 형편을 생각해 스스로 진학을 포기하고 있었다.

"그래서 말인데 교장 선생님과 상의해서 철도고등학교를 추천하려 한다. 수업료 전액 국비고 졸업하면 철도 관련 일을 할 수 있단다."

"네, 선생님. 감사합니다. 아버지와 상의할게요."

그러나, 훈이는 아버지 정 씨에게 진학 이야기를 하지 못했다.

고등학교 진학을 포기하다

어느덧 안골마을 들판이 가을로 접어들고 논배미마다 고개 숙인 벼들이 노랗게 익어갔다.

훈이는 방과 후 면 소재지와 시장통에서 구두를 닦고 늦은 저녁 집으로 돌아왔다.

혼자 때 놓친 저녁밥을 먹고 있는데 이웃집 황 씨 아저씨가 황급히 훈이를 집 밖으로 불러냈다. 그는 꼬바울 탄광에서 정 씨와는 다른 조에 소속되어 탄을 캐는 광부다.

"편찮으신 네 어머니께는 알리지 않았으면 좋겠다."

"……?!"

그는 정 씨가 일하던 탄광의 갱도가 중간에서 무너졌다고 전했다. 그 사고로 막장에서 탄을 캐던 정 씨는 물론 함께 일하던 모든 사람이 갱도 안에 갇혔다 했다.

다행히 갱이 중간에서 무너졌으며 무너진 양이 많지 않고 갇힌 사람들의 생명에는 아직 큰 위험이 없다 했다. 이틀 정도 작업하면 구출될 것이라 했다.
"그러니 너도 너무 걱정하지 말거라. 네가 알고는 있어야 할 것 같아서 전하는 것이다."
훈이는 자신의 몸이 무너지는 것 같았다. 마치 땅속으로 푹 꺼지는 것 같았다.
"아저씨! 제가 당장 가 보아야겠어요."
"지금 가도 네가 할 수 있는 일이 아무것도 없다."
"가서 지켜보기라도 해야겠어요."
"그럼 내일 아침 나와 함께 가자."
다음 날 아침 찾아간 꼬바울 탄광은 수많은 사람들이 부산하게 움직이고 있었다. 구조를 위한 다양한 장비들도 시끄럽게 가동되고 있었다.
갱 입구에는 무너진 갱을 복구하며 파낸 잡다한 잔해들이 탄차에 의해 속속 실려 나오고 있었다.
무너진 갱 속에 갇혔다는 소식에 놀라 몰려온 가족들은 광업소 측에서 마련한 사무실에서 안절부절못했다.
그러다 구조 작업이 순조롭게 진행되고 있다는 광업소 측의 설명에 마음을 놓기도 했다.
'아! 아버지 제발 무사해 주세요.'
훈이는 사고 현장을 목격하고 아버지 정 씨가 어머니 대실댁보다 훨씬 더 가엾고 불쌍하고 안타깝게 여겨졌다. 자꾸 목구멍으로부터 소리 없는 눈물이 올라와 눈시울을 적셨다.

이틀이 지나고 반나절이 더 지나서야 갱 속에 갇혔던 사람들 모두 구조되었다. 구조 즉시 대기하고 있던 병원차에 실려 읍내 도립병원으로 이송되었다.

병원으로 실려 갔던 정 씨는 5일 만에 귀가했다.

그런데 왼발을 약간 절뚝이는 것이었다.

"아버지! 왜 다리를 절뚝이세요?"

"괜찮다. 갱이 무너질 때 여파로 갱 천장에서 돌멩이가 새끼발가락으로 떨어졌는데, 병원에서 며칠 더 약을 먹으면 나을 거라 하는구나."

"그러면 더 치료해야지 벌써 퇴원을 했는가?"

사고 소식을 듣고 대실마을에서 와 있던 외할머니 이 씨가 걱정되어 말했다.

"병원에서 타박상이기에 퇴원해서 약 먹으면 된다 하네요."

정 씨는 그 상태로 다시 탄광으로 일을 나갔다.

그런데 며칠 약을 먹으면 없어질 거라던 발가락의 통증은 낫지 않았다. 병원에서 복용 약과 함께 준 물파스와 연고를 열심히 먹고 발랐는데도 소용없었다.

날이 갈수록 통증이 더 심해졌다.

그뿐만이 아니었다.

열흘쯤 지나자 발가락 주위가 부어올랐다.

그때야 정 씨는 다시 읍내 도립병원을 찾아갔다.

병원에서 다시 정밀 진단을 받은 결과 발가락 뼛속에 염증이 생긴 것이 발견되었다.

골수염!

뼛속에 생긴 염증은 피부에 생긴 염증 등 다른 염증과는 차원이 다르다. 상태가 심각한 것이다.

병원 측의 말에 의하면 상황에 따라 절단 수술을 할 수도 있다.

"절단하는 상황까지 가지 않도록 최선을 다하겠습니다."

병원장의 말이었다.

정 씨가 입원한 지 보름이 넘었다.

의사는 상황을 지켜봐야 하기 때문에 퇴원 날을 잡을 수 없다 했다.

벼를 베고 추수할 때가 지났다.

안골마을 모든 집들은 벼를 베어 추수를 마쳤지만 훈이네는 아직 벼를 베지 못했다. 훈이네가 경작하는 논이라야 고작 닭잘뫼마을 산골짝 다랑논 두 마지기다.

훈이는 결석을 하고 혼자 벼를 베었다.

품앗이를 할 수 없었으며, 일꾼을 살 수도 없었다.

힘들고 서러웠지만 훈이는 상황을 받아들였다.

학교에서 돌아온 석이와 순이가 와서 거들었다.

동생들이 오자 외로웠던 훈이는 힘이 났다.

저녁이 되어 함께 집으로 돌아가는 훈이 삼 남매를 늦가을 석양 황금 노을빛이 배웅하고 있었다.

벼 베기와 추수 등 가을 곡식을 거두는 일을 하느라 훈이는 장기 결석을 했다.

졸업을 앞두고 마지막으로 보는 졸업 시험 공부도 하지 못했다. 그 결과 입학시험부터 지난 3년간 지켰던 전교 1등의 학업 성적은 3등으로 떨어졌다.

'주어진 여건에서 최선을 다했으니 괜찮아.'

학년 동무들을 비롯해 주변에선 아쉬워했지만, 당사자인 훈이는 스스로 자신을 위로했다.

정 씨는 도립병원에 입원한 지 한 달이 지났지만 퇴원하지 못했다.

집안에서는 어머니 대실댁이 앓아누워 있고 병원에서는 아버지 정 씨가 장기 입원해 있는 상황에서 훈이는 다짐했다.

'그래 무리하지 말자! 진학을 포기하자!'

마음을 정하니 홀가분했다. 지난 몇 달 동안 진학의 문제로 자신을 짓누르고 괴롭혔던 고민의 짐에서 스스로 벗어난 것이다.

학교 화장실 문이 열리고 한 무리 차가운 바람이 밀려왔다.

화가 잔뜩 난 얼굴을 한 교감 선생님이 들어왔다. 훈이를 찾아 나선 모양이었다.

문학에 조예가 깊던 교감 선생님은 지난 3년 동안 훈이에게 많은 가르침과 영향을 주었다.

막연히 초등학교 4학년 어느 가을날 시인이 되고자 꿈을 품었던 훈이에게 시란 무엇이고 문학이란 무엇인가를 구체적으로 깨닫게 했다.

훈이는 교감 선생님으로부터 시에 대한 것뿐만이 아니라 희곡 작법 등을 구체적으로 배웠다.

그만큼 교감 선생님과 훈이는 사제지간을 떠나 서로가 관심의 대상이었다. 교감 선생님은 훈이가 고등학교로의 진학을 하지 못하게 되었다는 사실을 안타까워했다.

"이놈의 자식 그만한 일로 이리 상심을 하다니, 앞으로 살면서 뜻대로 되지 않는 일이 얼마나 많을지 모르는데, 그럴 때마다 이리 상심만 하면 무엇을 제대로 할 거야! 엉?"

화장실로 들어선 교감 선생님은 다짜고짜 훈이를 구타하기 시작했다.

주먹으로 사정없이 치고 때렸다. 그 서슬에 손목에 찬 교감 선생님의 손목시계 줄이 끊어져 화장실 바닥에 떨어져 박살이 났다. 그렇지만 교감 선생님의 무자비한 구타는 멈추지 않고 계속되었다.

훈이는 아무 말 없이 맞았다.

분명히 교감 선생님은 훈이에게 무자비한 폭력을 가하고 있었지만 훈이는 그것을 구타나 폭력으로 생각하지 않았다.

그 어느 선생님의 그 어느 사랑이 깃든 사랑의 회초리보다 더 가슴 뜨겁게 다가오는 사랑의 채찍으로 받아들였다.

교감 선생님은 훈이가 고등학교로 진학을 못하게 된 것을 마음에 두고 졸업식장에 들어가지 않았다는 것을 알았던 것이다. 그리고 그것을 마음 아파했다.

그렇게 유별난 중학교 졸업식을 치른 훈이는 그다음 날부터 작은 방에서 원고를 썼다. 지난해 가을, 겨울 식량으로 수확해 저장해 놓은 고구마 동가리가 작은 방안을 거의 차지하고 있었다.

틈만 나면 방안에 틀어박혀 원고지의 칸들을 한 칸 한 칸 채워 나갔다. 서울에 있는 KBS 라디오 방송국에서 공모하는 라디오 드라마 극본을 썼다.

5개월 여 동안 원고지 1,200매를 채우고 나니 어언 여름이었다.

당선될 것이라고 생각하며 쓴 것이 아니다.

그저 원고지를 채웠다는 것에 의미를 두고 싶었다.

원고 뭉치를 방송국으로 우송하고 나니 마음이 홀가분해졌다.

일종의 문학에 대한 꿈을 버리기 위한 의식이었다.

그런 훈이를 보고 동네 사람들은 정신이 돌았다고 쉬쉬했다.

그렇게 진학 포기와 함께 문학을 포기해야 한다는 서운한 마음을 접어 버렸다.

그해 여름날은 무척이나 무더웠다.

저녁이 되었지만 여전히 무더위는 꺾이지 않고 기승을 부리고 있었다. 뒤뜰의 매미들도 더위를 먹어서인지 밤나무 가지 위에서 저녁 늦도록 울어대었다.

훈이는 라디오 드라마 극본을 써 본 것으로 학업 중단과 문학 포기에 대한 아쉬운 마음을 정리한 뒤였지만 모든 일에 있어 의기소침해 있었다. 서울로 가기로 했다.

그 누가, 또한 그 어떠한 일이, 훈이를 기다리고 있는 서울이 아니었지만 어떻게 해서든 서울로 가 돈을 벌어야겠다고 다짐했다.

돈을 벌어 어머니 대실댁의 약값을 대고 고단한 삶을 살아가고 있는 아버지 정 씨의 노고를 조금이라도 덜어 주고 싶었다. 이런 잡다한 생각들로 후덥지근한 방안에서 뒹굴고 있는데 밖에서 누이동생 순이가 훈이를 불렀다.

"오빠야! 희자 언니가 나오래. 정자나무 아래에서 기다리고 있어."

희자는 한 살 아래 훈이의 소꿉동무였다. 초등학교에 들어가기 전부터 희자와 훈이는 소꿉동무로 지내왔다.

희자는 초등학교를 졸업하고 서울로 올라가 고모네 집에서 서울에 있는 중학교에 다니고 있었다. 3학년이 되어 여름 방학을 맞아 시골집에 내려온 것이다.

희자네 집은 동네에서 부유한 집으로 소문이 나 있었다. 그녀의 아버지는 함부로 접근할 수 없다는 생각이 들 정도로 매사에 엄격

했다. 그러나 막내인 그녀에겐 언제나 관대하고 너그러웠다.

희자는 아주 예뻤다. 쾌활하다 못해 그 정도가 지나쳐 말괄량이였다.

훈이 아버지 정 씨는 그러한 그녀를 보고 버르장머리가 없다고 못마땅해했다.

훈이는 며칠 전 우연히 서울에서 내려온 그녀를 먼발치서 보았다. 서울 물을 먹어서인지 전보다 훨씬 세련되어 보이고 예뻐 보였다.

그 희자가 누이동생을 시켜 자신을 보자고 하는 것이 아닌가.

훈이의 마음은 벌써 저만치 그녀가 기다리고 있다는 정자나무 아래로 줄달음질쳐 가고 있었다. 가슴은 두근거리다 못해 답답해져 오는데 몸은 그대로 방바닥에 누워 일어날 줄을 모르고 있었다.

훈이 자신의 모습이 초라하게 느껴졌다.

초라한 모습을 그녀에게 보이기 싫었다.

그러나 이러한 훈이의 심정을 알 바 아닌 희자는 두 번 세 번 누이동생 순이를 시켜 훈이를 불러내었다.

두 달 전에 들어선 교회는 마을에서 5리 정도 떨어진 산모퉁이 외딴곳에 자리 잡고 있었다.

훈이와 희자는 단둘이서 교회로 향했다. 훈이는 난생 처음 가는 교회였다.

희자는 서울에서 교회에 다녔다고 했다.

마침 그날이 주일이어서 주일 저녁 예배에 함께 가자고 훈이를 불러냈던 것이다.

일 년 만에 다시 보는 그녀는 무척 성숙해 보였다.

외모는 마치 숙녀 같았다. 그러나 훈이를 대하는 말투나 행동은 어릴 적 소꿉장난할 적과 조금도 다름이 없었다.

초저녁에 소나기를 한차례 퍼부었던 하늘은 씻은 듯이 개어 있었다.

옥수수 밭 건너 동편으로 둥근 보름달이 떠오르고 있었다.

그 보름달에 젖어 소쩍새가 소쩍! 소쩍! 울어대었다.

밤 들길은 소나기를 머금은 풀꽃 향기로 가득했다.

교회로 가는 길에 시냇물이 흘렀다.

시냇물은 초저녁에 퍼부은 소나기로 제법 물이 불어 있었다. 돌다리로 놓은 징검다리들이 물속에 잠겨 있었다.

희자는 정숙한 옷차림을 하고 있었다.

훈이는 바지를 무릎까지 걷어 올렸다. 그리고 자신의 등을 희자의 가슴 앞으로 들이밀었다.

희자는 기다렸다는 듯이 조금은 장난스럽게 훈이 등에 찰싹 업히었다.

희자의 물오른 가슴이 훈이 등을 뻐근하게 눌러왔다.

훈이는 빨개진 얼굴을 희자에게 들킬세라 고개를 푹 숙이었다.

숨어 잔 첫 서울살이

"괜찮아요. 어머니, 걱정하지 마세요."
훈이는 중학교를 졸업하던 그해 8월, 안타까워하고 미안해하는 대실댁과 가족들을 안골마을에 두고 서울로 가기로 마음먹었다.
대실댁은 어린 자식이 학업을 포기하고 돈 벌러 간다는 사실이 가슴 아팠다.
"석이야, 어머니 시중 잘 들어드리고 순이 잘 챙겨 주어라. 네가 힘들겠구나!"
훈이는 동생 석이에게 참으로 미안했다. 석이에게 자신이 졌던 짐을 모두 떠넘기고 떠나는 것이다.
"엉아야, 잘 알았다."
"순이는 석이 오빠 말 잘 들어라."
순이는 기대고 살았던 큰오빠 훈이와 헤어져 있어야 한다는 것이 싫었다.
"오빠야, 이제 우리 아주 오래 있다 볼 수 있는 거야?"

"아니야. 순이 보러 자주 올게."

병약한 어머니 대실댁은 기력이 쇠잔해질 대로 쇠잔해진 야윈 몸을 복사꽃 밑동부리에 의지한 채 객지로 떠나는 열여섯 살의 어린 자식을 배웅했다.

훈이의 모습이 멀리 길모퉁이를 돌아 신작로를 향해 사라질 때까지 두 번이고 세 번이고 번갈아 가며 두 팔을 저어댔다.

그러한 대실댁의 모습은 훈이에게 있어 하나의 채찍이었다.

몸도 성히 마음도 성히 부디 꿈을 버리지 말라는 완곡한 채찍이었다.

훈이는 홍성읍내 역에서 기차를 타고 난생처음 서울역에 내렸다.

말로만 들어온 서울은 생각보다 복잡하고 화려했다.

빌딩 숲과 드넓은 차도, 그 위를 꽉 메운 달리는 자동차의 물결, 그리고 수많은 사람들의 행렬, 이 모든 것이 두렵다 못해 무서웠다.

서울역 앞에서 택시를 타고 세종로 정부종합청사를 향해 달렸다. 정부종합청사 건물 지하 분식 식당에서 주방장으로 일하고 있는 외사촌 형을 찾아가는 길이었다.

"어느 부서를 찾아가려는 것이냐?"

정부종합청사 정문을 들어가려는데 문 앞을 지키는 경비 아저씨가 막아섰다.

"저어, 청사 안 분식 식당에서 일하고 있는 형을 만나려고요."

"그럼 이 우측으로 돌아가서 후문으로 들어가거라."
후문을 통과해 현관으로 올라가자 둥근 회전문이 빙글빙글 돌아가고 있었다.
훈이는 그 회전문 앞에서 어찌할 줄 몰랐다. 회전문을 통과해야겠는데 어떻게 통과를 하는 것인지 도무지 알 수가 없었다.
원통형으로 생긴 투명한 문이 빙글빙글 돌아가고 있는데 그 사이로 사람들이 들어갔다 나왔다 했다.
훈이가 어찌질 못하고 문 앞에서 멍청히 서 있는데 착하고 복스럽게 생긴 말쑥한 차림의 숙녀가 다가왔다. 시골뜨기 티가 철철 흐르고 있는 훈이의 행색을 보고 도와주려는 것이었다.
"아니, 왜 신발을 벗고 있나요?"
훈이는 멋쩍게 얼른 벗어들고 있던 신발을 신었다.
대리석이 깔린 청사 현관 바닥이 너무 깨끗하게 보여 신발을 신고 들어서면 안 될 것 같아 흙 묻은 운동화를 벗어들고 있었다.
천사의 마음을 가진 그녀의 도움으로 가까스로 그 회전문을 통과했다. 그러나 훈이는 로비 앞에서 실망하고 말았다.
"지금 분식 식당에는 아무도 없단다. 모두 퇴근했다."
"......?!"
로비에서 안내를 맡은 아저씨가 말했다.
토요일이라 공무원들이 일찍 퇴근했으며 청사 안의 식당 등 부대시설에서 종사하는 이들도 일찍 퇴근했다는 거였다.

훈이는 낙심했다. 토요일에 상경한 자신의 잘못이 크다고 생각했다. 쉽사리 외사촌 형을 만날 수 있으리라 생각했던 것이 어긋났다.

외사촌 형이 살고 있는 주소를 들고 있어 그나마 다행이었다.

"찾는 분이 퇴근했나 보네요. 그분이 어디에서 살고 있는지 아세요?"

훈이가 풀이 죽어 현관을 나오려는데 회전문을 안내해준 숙녀가 등 뒤에서 묻는 것이었다.

"독립문이 있는 영천아파트 아래쪽에서 산다 했어요. 주소를 가지고 왔어요."

"아, 그래요. 그럼 내가 그쪽 방향으로 가는 버스를 태워 줄 테니 버스 기사님한테 영천시장 버스 정류장에서 내려달라 하세요."

"누나는 저를 도와주기 위해 계속 여기 계셨군요. 고맙습니다."

훈이는 착한 숙녀의 도움으로 세종로에서 독립문 쪽으로 가는 버스를 탔다. 독립문 근처 영천시장 앞에 내리니 해는 기울어 어두워 가고 있었다.

바로 코앞에 영천아파트가 보였다.

높다란 산언덕 위에 마치 병풍처럼 서 있는 아파트들 창문으로 휘황찬란한 불빛들이 새어 나오고 있었다.

영천시장 골목을 거쳐 아파트로 올라가는 길은 한두 곳이 아니었다.

이곳인가 싶어 올라가다 보면 길이 막히고 또 다른 길로 올라가다 보면 또 길이 막혔다.
그리하길 벌써 두어 시간이 지났다. 밤은 자꾸 깊어갔다. 훈이는 당황했다.
파출소를 찾아갔다.
"저어, 순경 아저씨! 저 좀 도와주세요."
훈이는 경찰에게 찾아가려는 주소를 내밀었다.
"나를 따라오너라."
영천시장 안에 있는 골목길에 이르자 경찰이 말했다.
"이 언덕길 따라 올라가면 101동이 나올 것이다. 그 아래쪽이 이 번지이니까 쉽게 찾을 수 있을 거다."
훈이는 경찰의 도움으로 간신히 외사촌 형의 집을 찾아내었다. 통행금지에 걸리지 않아 다행이었다.
월요일이 되자 외사촌 형은 훈이를 자신이 일하고 있는 정부종합청사 지하 분식 식당으로 데리고 갔다. 그리고 11층에 있는 한식 식당에서 일할 수 있도록 주선해 주었다.
난생처음으로 해보는 첫 직장생활이었다.
훈이는 그곳에서 그릇 씻는 일을 담당했다.
주방 안은 주방장을 비롯해 20여 명의 다양한 사람들이 각자 맡은 일을 하고 있었다. 그중에서 훈이가 제일 어렸다.
부모님만큼 나이 든 사람도 여럿 있었다.

그들은 훈이를 자식처럼 위해 주었다.

아주 어려서부터 긍정적으로 살아왔으며, 인상이 선하고 웃는 상인 훈이는 언제나 밝게 웃었다.

이것저것 잡다한 잔심부름을 하면서도 잘 웃었다.

주방 사람들은 그러한 훈이를 위해주고 좋아했다.

어머니 대실댁 나이의 아주머니들은 훈이를 곧잘 웃기고 놀렸다.

"아이고! 저 웃는 모습 좀 봐! 저 보조개 좀 봐! 우리가 그저 녹아요. 녹아."

"어쩌면 계집애 보조개보다 더 예쁘냐."

"내가 딸이 있었으면 훈이와 맺어주었을 텐데, 호호!"

"훈이 도련님 그만 웃으세요."

훈이의 양 입가 볼에 있는 보조개를 보고 하는 말이었다.

아주머니들의 애정 어린 농에 훈이는 웃을 때 자신도 모르게 손으로 보조개를 가렸다.

그러면 아주머니들은

"그 손 안 내릴 거야!?"

"안 놀릴 테니까 제발 손 내리고 웃어 주세요."

하며 깔깔 웃곤 했다.

훈이는 자신을 사랑해주는 주방의 모든 사람들이 고마웠다.

힘든 일의 시름을 견디게 했다.

그릇 씻는 일은 훈이를 포함해 담당자가 네 명이었다.

그럼에도 순식간에 산더미처럼 밀려오는 그 수많은 그릇을 제때에 씻어내지 못하고 전전긍긍했다.

단순하게만 생각했는데 그릇 씻는 일에도 요령이 있었다.

짧은 시간 안에 많은 그릇을 씻어내는 기술이라 할까 그러한 숙련이 필요했다.

청사 11층에서 내려다보는 세종로 거리는 드넓었다.

그 세종로 거리에 아침저녁으로 책가방을 멘 훈이 또래 아이들이 까마득히 내려다 보였다.

훈이는 부러웠다.

그러나 그러한 감상들은 일에 쫓겨 이내 잊게 되었다.

외사촌 형의 주선으로 일은 할 수 있게 되었으나 훈이는 당장 잘 곳이 없었다.

외사촌 형은 낡은 주택 단칸방을 세 얻어 형수와 어린 두 아이와 살고 있었다.

그 작은 공간에 훈이가 끼어들 수 없었다.

훈이는 어쩔 수 없이 정부종합청사 안에서 숨어 지내기로 했다.

16세 미성년자 훈이는 주민등록초본을 제시하고 방문증을 끊어 청사 안 식당으로 들어왔던 것인데, 이후 다시 청사 밖으로 나가지 않고 그대로 눌러살았다.

잘 곳이 없어 모든 사람들이 퇴근한 후에 청사 안에서 숨어 잤던 것이다.

청사 안은 공무원들이 퇴근한 후엔 경비를 담당하는 관리자와 요원들, 당직자들 외엔 개미 새끼 한 마리 얼씬할 수 없는 곳이다.

훈이는 순찰 요원들이 순찰 돌 시간이 되면 대형 냉동고 안으로 들어가 숨었다.

대형 증기 가마솥 안에 숨기도 했다.

그럴 때마다 들키면 어쩌나 가슴을 졸였다.

대형 냉동고는 마치 대형 컨테이너 박스 같았다.

밖에서 문을 밀어 버리면 안에서는 무슨 수를 써도 열고 나오지 못하게 된 구조를 한 집채만 한 냉동고였다.

훈이는 냉동고 문이 완전히 닫히지 않도록 살짝 열어 둔 채로 숨어 있었다.

주의 깊은 순찰 요원이 완전히 닫히지 않은 문을 발견하고 밀어 버려 닫아버리면 냉동고 안에서 꼼짝없이 얼어 죽을 판이었다.

냉동고 안엔 쇠갈고리에 걸어둔 삶지 않은 피맺힌 쇠고기와 돼지고기가 줄줄이 걸려 있어 을씨년스런 분위기를 자아냈다.

수백 명의 밥을 지어내는 대형 스테인리스 가마솥은 뜨거운 증기로 밥을 짓는 솥이다. 만약 그 누군가가 스팀 장치를 점검하려고 밸브를 연다면 훈이는 그대로 치명적인 화상을 입을 처지였다.

그러나 잘 곳이 없는 훈이는 그러한 위험들을 무릅쓰고 청사 안에 숨어서 하루하루 고단한 잠을 청했다.

훈이는 그런 와중에도 안골마을 아버지 정 씨에게 자주 안부 편지를 보냈다.
잘 지내고 있으니 걱정하지 말라고 보냈다.
"이곳 걱정은 하지 말고 몸 성히 잘 지내라."
석이가 대필해 보내온 정 씨의 답장이었다.
훈이는 월급을 타면 최소한의 쓸 돈만 남기고 모두 정 씨에게 보냈다.
"형! 이 돈 우체국에 가서 아버지께 보내 주세요."
외사촌 형에게 부탁해 송금했다.
훈이가 청사 안에서 숨어 잔 지 3개월이 지나갔다.
어찌 보면 가련하기 짝이 없는 생이었다.
그러나 훈이는 그곳에서 요리 기술을 배워보겠다는 일념으로 다른 잡념을 가져 보지 않았다.
먼 후일 인정받는 주방장이 될 꿈을 꾸었다.
하지만 훈이의 그 꿈은 오래 지나지 않아 깨져 버렸다.
순찰 요원들에게 숨어 잔 것이 들통나고 말았다.
곧바로 경비실로 끌려갔다.
"이 자식 간첩 아냐? 간덩이가 부어도 한참 부었어."
야간 경비를 담당하는 책임자인 경비 부실장의 불호령이 떨어졌다.
"너 이 녀석! 언제부터 여기서 숨어 잤어?"

"아저씨! 잘못했슈. 용서해 주셔유. 여기 구내 한식 식당에서 일을 해야 하는디 잘 곳이 없유."

훈이는 3개월 전부터 잤다고 솔직히 말했다.

"이런 참 딱하긴. 충청도 말씨인데 너 고향이 어디냐?

고향 닭잘뫼마을과 안골마을이 눈에 밟힌 훈이는 좀 장황하게 고향에 대해 말했다.

"어! 이 녀석 고향이 내 고향 이웃이네."

경비 부실장의 이 말에 훈이는 참았던 눈물이 나왔다.

다음 날 단순히 잘 곳이 없어 숨어 지냈다는 것이 인정된 훈이는 훈계를 받고 정부종합청사에서 쫓겨났다. 주방장의 꿈을 접은 채.

충무로 영화사

겨울이 되었다.

훈이는 대한민국에서 가장 화려하고 번화한 거리라는 명동과 이어져 있는 충무로 2가로 왔다.

충무로는 세종로 거리와는 또 다른 이미지를 풍겨 주었다.

정부종합청사 한식 식당에서 일할 수 없게 된 훈이는 그곳에서 사귄 동료의 소개로 충무로 2가 '진미'라는 이름을 가진 대형 분식 식당에서 일했다.

여기에선 그릇 닦는 일이 아니라 홀에서 음식을 나르는 웨이터로 일했다.

훈이는 요리를 배울 수 없어 장래성이 없다고 생각되었다.

그렇지만 먹고 자는 숙식을 제공하고 얼마의 용돈을 제공한다기에 이곳에서 일하기로 했다.

명동과 충무로의 거리는 양화점과 양복점, 금은방, 술집, 식당, 다방 등으로 이어져 있었다.

거리는 언제나 인산인해를 이루었다.

찾아오는 계층도 비교적 다양했다.

가장 많이 차지하는 계층은 학생을 비롯한 젊은이들이다.

서울의 거리에는 음악다방이 유행처럼 들어섰다.

그에 편승하여 웬만한 분식 식당은 음악다방처럼 운영되었다.

훈이가 일하는 '진미' 분식 식당도 이름만 분식 식당이지 분식뿐만 아니라 양식과 음료수, 빙과류, 커피 등 각종 차까지 취급했다.

음악다방처럼 음악실이 갖추어져 있고 전문 DJ가 상주하여 손님들이 신청하는 음악을 틀어주었다.

훈이는 이곳에서 객지로 나와 처음으로 다양한 사람들을 만났다.

또래 고등학교 여학생들로부터 인기 있는 남자 종업원으로, 함께 일하는 형들과 누나들로부터 사랑받는 동생으로 자리 잡아갔다.

함께 일하는 동료 누나 중 진희는 훈이를 친동생처럼 위해 주었다.

"훈이야! 열이 이리 심해서 어쩌니? 이 약 좀 먹어봐라."

어느 날 몸살이 난 훈이는 보일러실에서 군용 야전 침대를 펴놓고 앓아누웠다.

진희는 약을 지어다 주고 틈틈이 정성껏 훈이를 간호해 주었다.

남산과 덕수궁, 창경원 등 서울의 이곳저곳을 구경시켜 주기도 했다.

진희는 상계동 판자촌에 집이 있지만 휴일에만 가고 식당에서 기거했다.

휴일에 집에 갈 때 간혹 훈이를 데리고 갈 정도로 챙겼다.

귀티가 날 정도로 귀엽고 복스럽게 생긴 진희의 집안은 훈이네 집처럼 가난했다.

방 하나를 세 얻어 살았기에 진희의 언니와 진희와 훈이, 이렇게 셋이 한방에서 잠을 자기도 했다.

누나가 없는 훈이는 자신을 동생처럼 챙겨주는 진희를 친누나처럼 생각했다.

어느 쉬는 날이었다. 둘이 함께 진희의 상계동 집을 다녀왔는데 식당 분위기가 이상했다.

동료들은 훈이와 진희를 이상한 눈초리로 바라보았으며 지배인의 얼굴이 굳어 있었다.

진희가 지배인에게 불려갔다가 나온 후 울고 있었다.

그날 밤 훈이는 한 동료로부터 진희가 운 이유를 알게 되었다.

진희를 좋아하고 있는 지배인이 훈이와 진희의 사이를 이성으로 사귀는 사이로 오해했다.

며칠 후 훈이는 진미식당을 그만두었다.

남대문 도깨비시장에서 장사하고 있는 수철에게 갈 참이었다.

수철이는 정부종합청사 식당에서 함께 그릇을 닦았던 형이다.

그는 도깨비시장에서 잡다한 잡화를 팔고 있었다.

훈이는 일할 곳을 찾을 동안 그곳에서 신세 지기로 했다.

짐 가방을 들고 진미식당을 나와 세종호텔 앞을 지날 때였다.
"잠깐만!"
맞은편에서 훈이를 유심히 쳐다보며 오던 중년 남자가 훈이를 불러 세웠다.
"……?!"
"이 친구 괜찮게 생겼네. 얼굴 작고 이목구비 뚜렷하고 그렇지? 쓸 만하지?"
훈이를 불러 세워놓은 중년 남자가 동행한 젊은 여자에게 말했다.
"그러게 말입니다."
"카메라에 아주 잘 받겠어."
훈이가 알아듣지 못할 말을 둘이 주고받았다.
젊은 여자는 어디서 많이 본 인상인데 언뜻 떠오르지 않았다.
"왜 그러십니까?"
"아! 미안!"
중년 남자는 지갑에서 명함을 꺼내 훈이에게 건넸다.
"내 사무실이 대한극장 옆에 있는데 언제든 찾아와라!"
명함에는 'TV영화제작본부'라고 적혀 있었고 그 아래에 '송구영 감독'이라고 적혀 있었다.
"나 영화 만드는 사람이다. 지금은 급히 볼일 있어 길게 이야기 못한다. 꼭 찾아와라. 꼭 와야 한다. 알았지?"

남대문 도깨비시장으로 걸어가며 훈이는 낯익은 젊은 여자가 누구일까 곰곰 생각해 보았다.
'아! 맞다!'
그는 다름 아닌 텔레비전 드라마에 나오는 인기 있는 여배우 K였다.
'그런데 왜 꼭 와야 한다는 거지?'
도깨비시장에 도착한 훈이는 수철에게 조금 전 일을 말했다.
"근데 동행하던 여자가 유명 여배우 K였어요"
"그래? 그 명함 이리 줘봐!"
수철은 명함에 있는 전화번호로 전화를 걸었다.
"네. TV영화제작본부입니다."
수철은 얼른 전화를 끊었다.
"훈이야! 모든 정황으로 보아 찾아가도 해가 되진 않을 거 같다. 네가 다시 전화해서 지금 찾아간다고 하고 가 봐라."
훈이는 수철이의 의견에 따라 송구영 감독의 사무실을 찾아갔다.
"감독님 곧 도착한다 했어요."
사무실 여직원이 말했다.
잠시 후 송구영 감독이 들어왔다.
"그래. 잘 왔다. 이리 내 방으로 따라와라."
송 감독은 훈이에게 다짜고짜 연기 수업을 받으라 했다.
"저는 당장 잘 곳도 없어요. 아까 도깨비시장에서 장사하고 있는 아는 형에게 신세 지러 가는 길이었어요."

"그럼 더 잘 됐다. 여기서 아예 자고 먹고 연기 수업에 전념하면 된다."

"그러려면 돈 드려야 하잖아요. 전 돈이 한 푼도 없어요."

"짜식. 누가 돈 내래? 가르치는 연기만 제대로 배우면 돼."

"……?!"

훈이는 얼떨결에 그날부터 영화사 사무실에서 살게 되었다.

그날 하루 동안 벌어진 일이 뭐에 홀린 것처럼 생각되었다.

영화사의 이런저런 잔심부름도 하고 연기 수업을 통해 연기도 배웠다.

마침 제작하고 있던 영화 촬영장에서 엑스트라로 참여하기도 했다.

유명 여배우 K 등과 함께 야외 촬영을 위해 이곳저곳에서 합숙하기도 했다.

영화사에서 생활한 지 훌쩍 한 달이 지났다.

야외 촬영을 마치고 합숙소에서 잠자리에 들자니 좀처럼 잠이 오지 않았다.

서울에 온 지 지난 넉 달 동안은 작은 금액이지만 부모님께 송금했는데 이번 달은 그리하지 못한 것이 마음에 걸렸다.

'이게 아니야. 내가 이러고 있을 때가 아니야.'

곰곰 생각해 보니 배우의 길은 훈이 자신이 가야 할 길이 아닌 것 같았다. 당장 한 푼이라도 벌어야 하는데 기약 없는 영화사 생활은 훈이의 현실과 맞지 않았다.

다음 날 훈이는 송구영 감독에게 자신의 뜻을 말했다.

"훈이야! 네 부모님과 동생들은 말이다. 네가 몇 푼 보내든 안 보내든 살게 되어 있어. 눈 딱 감고 이 길로 정진해라."

그러나, 훈이의 생각은 달랐다.

애석하게 바라보는 송구영 감독을 뒤로하고 영화사 생활을 그만두었다.

부산교도소

여간해선 눈 내리는 것을 볼 수 없다는 남녘 부산에 함박눈이 내리고 있었다.

함박눈이 내리는 1973년 2월, 17세 소년 훈이 발길은 부산진역에 닿아 있었다. 연고가 있어서 내려온 곳이 아니다.

남대문 도깨비시장 수철이의 소개로 부산으로 왔다.

제화기술을 배우려고 왔다. 숙식을 제공하고 약간의 급료를 준다 해서 왔다.

수철이가 소개한 구두방으로 전화해 사장을 찾았다.

"아! 나는 옆 가게 사람인데요. 대신 전화를 받고 있습니다. 여기 사장님이 오늘 오전 교통사고로 운명을 달리했습니다."

청천벽력이란 게 이런 것인가 보다.

훈이는 공중전화기 앞에서 온몸이 굳었다.

고향 안골마을에서 객지로 나온 지 지난 5개월여 동안 몇 곳의 직장을 옮겨 다녀야 했다.

사정과 이유야 어떠했던 간에 직장을 옮겨 다니면서 무엇인가 잘못되어 가고 있다는 것을 깨닫게 되었다.

장래성 있는 직업을 찾고 싶었으나 그게 생각처럼 되지 않았다.

아직 미성년자이며 학벌마저 중졸뿐인 훈이가 갈 곳은 고작 식당 아니면 그 비슷한 업소뿐이었다.

큰 공장에 들어가 기술을 배우고 싶었으나 나이부터 걸림돌이 되었다.

예기치 않은 상황으로 당장 막상 갈 곳이 없었다.

내리는 함박눈이 훈이의 갈 곳 없는 발길을 더욱 무겁게 했다.

싸구려 국밥집을 찾아 저녁 끼니를 때우고 역 인근 싸구려 여인숙을 찾아 들었다. 여인숙을 찾아가는 길목 길목에 홍등가 아가씨들이 유혹했지만 거기에 눈 맞출 그리 한가한 훈이가 아니었다.

훈이는 다음 날 무작정 부산에서 가장 번화한 거리 남포동을 물어 찾아갔다.

하루종일 남포동과 광복동 그리고 자갈치 시장 등을 배회해 보았지만 자신의 몸을 어디에 두어야 할지 묘수가 나타나지 않았다. 아니 나타날 리 없었다.

어느새 또다시 저녁이 오고 거리거리의 불빛들은 휘황찬란하게 피어올랐다. 남포동 3가 뉴부산관광호텔 앞 삼거리에 이르자 왼편에 '무학성'이란 술집의 조그마한 인공 폭포수가 이채롭게 다가왔다.

폭포수에 이끌려 다가갔다. 다가가니 또 다른 이채로운 명물(?)이 버티고 서 있었다.

난쟁이 아저씨! 나이는 이미 중년이 넘어선 것 같은데 온갖 별난 율동을 선보이며 술손님들을 불러들이고 있었다.

훈이는 자신도 모르게 그 짓거리에 정신이 팔려 한동안 구경하고 서 있었다.

"야! 인마. 뭘 봐?"

난쟁이 아저씨가 무례하다는 듯 훈이에게 따져왔다.

"네. 저어 갈 곳이 없어서요."

"뭐? 갈 곳이 없어? 자식, 집으로 가면 되잖아?"

"그게…. 집이…."

"뭐야? 똑바로 말해. 정말 갈 곳이 없냐? 그렇담 여기서 일해 봐라!"

그날 밤 훈이는 이 난쟁이 아저씨 덕분에 무학성 술집의 웨이터 보조로 전격 발탁되었다.

무학성에서 한 달 정도 일하던 어느 날이었다.

술 마시러 온 어느 점잖은 중년 사내가 훈이를 부르더니 다짜고짜로 자신의 명함을 건네는 것이었다.

그리고 내일 아침 자기를 찾아오라 했다. '시대복장 대표 김 아무개' 명함엔 대충 이렇게 적혀 있었다.

다음 날 명함의 주인공을 찾아갔다.

"넌 그런 술집에 있을 놈이 아니다."

그는 훈이에게 대뜸 당장 시대복장에서 일하라고 했다.

그곳은 당시 전국에 널리 알려진 남성복 전문 판매업체의 남포동 지점이었다. 그날로 훈이는 그곳에서 신사복 코너를 담당하는 점원으로 일하게 되었다.

신사복 숙녀복 아동복 코너 등을 별도로 갖춘 꽤 규모가 있는 매장이었다. 종업원 중에서 가장 나이가 어린 훈이는 매장의 궂은일들을 도맡아 해가며 사장 이하 선배들로부터 점차 인정을 받아가고 있었다.

이곳에서는 약간의 급료를 지급해 주어 다시 아버지 정 씨에게 송금할 수 있게 되었다.

훈이는 이를 다행으로 여겼다.

봄꽃 피는 삼월과 사월도 지나가고 5월 4일 밤 10시!

일과를 마치고 늘 해 왔던 것처럼 매장 셔터문을 내리러 나온 훈이는 난감한 광경을 보게 되었다.

어느 젊은 취객이 훈이가 아침마다 정성 들여 닦는 쇼윈도우에 오줌을 갈기고 있었다.

"아니, 형. 여기다 오줌을 누면 어떡해요?"

"뭐야? 인마! 나 오줌 누는데 네가 뭔데 간섭이야?"

취객은 느닷없이 훈이의 멱살을 틀어잡고 따귀를 때렸다. 곧이어 주먹질과 발길질을 해대었다. 잠깐 순간에 일어난 일이었다.

매장 안에서 이 광경을 보고 있던 동료 형들이 튀어나와 취객을 두들겨 패기 시작했다. 얼마나 두들겨 패 버렸는지 이빨이 부러지는 등 취객의 몰골은 잠깐 사이에 만신창이가 되어 버렸다.

부산에 킥복싱이 유행이었는데 이 형들이 이 운동을 하던 참이었다. 취객이 병원에 실려 가고 훈이는 무언가 불안했다.

다음 날 새벽, 훈이와 매장 형들이 자고 있는 숙소로 경찰들이 들이닥쳤다. 훈이를 포함해 관련자 세 명은 파출소로 연행되었고 곧이어 경찰서 구치소에 수감되었다.

훈이로 인해 싸움이 시작되었기 때문에 훈이가 주범이 되고 취객을 때린 매장 형들은 종범이 되었다.

특별법이 적용되어 졸지에 3명 이상의 폭력 단체 조직폭력배가 되었다.

훈이는 너무 억울했다.

자신이 애지중지하는 곳에 오줌 누는 것을 말렸을 뿐이다.

취객에게 일방적으로 맞기만 했다.

그런데도 때마침 당국이 만든 조직폭력배에 대한 특별법이 적용되어 조직폭력단의 주범이 되었다.

훈이는 억울한 점을 법정에서 국선변호사를 통해 진술하며 공소사실을 인정하지 않았다.

이러한 피고인 측과 피해자 측의 법정 공방으로 재판은 지루하게 연기되어 구속된 지 2개월이 되도록 1심 판결이 나지 않았다.

"훈이야! 네 억울함은 잘 알지만 현실이 그걸 안 받아주는구나. 나도 참 안타깝다. 그만 공소 사실을 시인하고 이 상황을 벗어나는 것이 어떻겠니?"

국선변호사가 재판이 지루하게 진행됨에 따라 훈이가 계속 교도소에서 미결수 생활을 하는 것이 안타까워 훈이에게 제안했다.

"네. 변호사님. 그러면 저는 어떤 판결을 받을 거 같아요?"

"네가 미성년자고 초범이니 소년원으로 보낼 거다."

"싫습니다. 소년원으로 가는 건 안 됩니다. 거기로 가면 저는 못된 거만 배우게 될 거 같습니다."

"재판부는 아직 어린 너의 장래를 생각해서 소년원으로 보내려 할 거다. 전과가 남지 않도록."

"전과가 남아도 좋습니다. 소년원으로 가서 범죄를 배워 범죄 인생을 사느니 전과자가 되겠습니다. 변호사님께서 판사님께 제 뜻을 잘 전해주셔서 집행유예로 나가게 도와주십시오."

"잘 알았다. 네 뜻이 그리 확고하니 그리 힘써 보마. 너도 최후진술 할 때 재판부에 강력히 요청해라."

국선변호사는 안쓰러워 훈이의 머리를 쓰다듬었다.

5월 5일 어린이날에 연행된 훈이는 미결수로 부산교도소에 수감되어 그해 여름 집행유예 2년에 8월의 형을 선고받고 풀려났다.

미성년자이면서 초범인 훈이에게 집행유예가 선고된 것은 훈이가 강력히 원해서다.

"피고인 최후 진술을 하세요."

"재판장님! 잘못했습니다. 부탁이 있습니다. 저를 소년원으로 보내지 말아 주십시오."

"……?!"

훈이는 숙였던 고개를 들어 재판장을 쳐다보았다.

"계속하시오!"

"소년원으로 가면 정말 좋지 않은 것만 배울 것 같으니 선처해 집행유예로 선고해 주세요. 제 소원입니다. 앞으로는 이번 일을 거울삼아 정말 착하게 살겠습니다."

여기까지 진술하고 훈이는 목이 메어 꺼이꺼이 울었다.

재판부는 선례를 들어 소년원으로 송치하고자 했다. 그러나 훈이의 간청 어린 진술을 참작해 주었다.

담당 판사는 훈이가 법정에 제출한 중학생 시절에 받은 문교부장관상을 법정에서 펼쳐 보였다.

그리고 중학생 시절처럼 앞으로 모범적인 사회인이 될 것을 특별히 주문했다.

"그런 뜻에서 1년을 선고해야 할 집행유예 기간을 1년 더 연장하여 2년으로 선고합니다."

가혹한 선고였으나 훈이는 그 판사를 참으로 고맙게 생각했다.

보다 무거운 선고를 하여 이후에 더욱 조심하며 살 것을 요구한 그 마음을 고맙게 생각했다.

미결수 수감 생활은 훈이에게 많은 것을 생각하게 하고, 많은 교훈을 주었다. 훈이의 인생에 있어 아주 소중한 것을 깨닫게 했다.

거창하게 어린 나이에 돌출된 행위를 하다 잡혀 들어간 것이 아니다.

시국사범이라든가 사상범으로 들어간 것도 아니다. 잡스러운 죄목으로 그것도 얼떨결에 잡혀 들어갔다. 머리에 피도 마르지 않은 미성년자의 신분으로 들어갔다.

훈이가 수감되었던 부산교도소는 일제 강점기에서부터 사용해 온 교도소 시설이라 환경이 아주 열악했다.

왜정 시대 때 일본 감시원들이 내국인 수형자들을 감시하기 위해 만들었다는 지하 감시 통로가 감방 마루 밑으로 나 있었다. 그 통로는 이미 시궁창으로 변해 있었다.

수감자들은 식수를 모아 몸을 씻은 물을 마룻바닥을 뜯어낸 틈 사이로 버렸다. 이 짓은 감방장 등 힘 있는 자들만 할 수 있는 행위다. 물론 간수들의 눈을 피해 몰래 하는 짓거리였다.

4.78평 잡방 방안에 30명 여의 죄수들이 그야말로 칼잠과 이층잠을 잤다. 잠잘 자리가 부족해 맨 나중에 들어온 사람이거나 힘이 없는 사람은 변기통에 기대어 앉은 채로 잤다.

훈이도 처음 며칠간은 그 변기통에 기대어 잠을 잤다.

그래도 낮에 하루종일 마룻바닥에 가부좌를 튼 채 부동자세로 앉아 있어야 하는 고역을 당해서인지 자신도 모르게 잠이 왔다.

감방 안에서는 서열이 매우 엄격하게 구분되어 있다.

감방장 이하 방의 기강을 잡는 사람, 방의 청결 등 환경을 담당하는 이, 밥을 받는 배식 담당하는 이가 있다.

'메아리'라는 별칭을 갖고 작디작은 깨진 거울 조각을 시찰 통 모서리에 대고 간수들의 동태를 살피는 사람, 감방장의 안마를 맡은 사람, 변기통을 담당하는 이 등등 각자 맡은 일이 있다.

감방 안에 들어가면(입방) 먼저 들어온 사람들로부터 몰매를 맞는 신고식을 당한다.

훈이는 이 신고식을 얼마나 호되게 당했는지 거의 한 달 동안 제대로 무릎을 펼 수 없었다.

가장 심하게 당한 부분은 무릎을 꿇은 상태에서 상대방이 발뒤꿈치로 허벅지 위를 내리찍는 폭행이었다. 그 폭행으로 인해 거의 한 달 동안 절뚝거렸다.

취침나팔이 불고 훈이는 잠자리에 누웠지만 도무지 잠이 오지 않았다.

철창 너머로 밤하늘의 별들이 아른아른 다가왔다.

삼복 여름 캄캄한 밤하늘의 별들이 그처럼 애처롭게 다가온 적은 없었다. 코끝이 찡해왔다. 눈시울이 아파왔다.

병석에 누워 있는 어머니 대실댁의 야윈 얼굴이 별들 사이로 오버랩되어 다가왔다.

늘 훈이를 자랑삼아 살아온 아버지 정 씨의 탄 물 밴 얼굴이 떠올라 훈이를 더욱 아프게 했다.

며칠 전 정 씨가 충청도 안골마을에서 부산까지 그 머나먼 길을 마다않고 면회를 왔다.

"아버지!"

"훈이야!"

훈이와 정 씨는 서로 더 이상 아무 말도 못하고 울다 헤어졌다.

면회 시간 내내 서로 말 한마디 나누지 못한 채 울다 헤어진 기억이 훈이를 괴롭혔다.

'아버지는 지금 나로 인해 얼마나 마음 아플까.'

생각하니 훈이 자신이 너무 미워졌다.

'아! 불쌍한 부모님! 노고를 덜어드린답시고 돈 벌러 나온 놈이 되레 커다란 짐만 되어 드리다니….'

훈이는 자신이 한심스러웠다.

이제 전과자가 되었으니 어찌한단 말인가.

차라리 소년원으로 송치되길 바랄까.

소년원으로 송치되면 전과는 남지 않는다지 않는가. 아니야. 이런 곳에 있으면 있을수록 내 마음에 나쁜 물이 들 거야. 내 마음에 더 이상 나쁜 물이 들면 어찌하지? 전과가 남아도 빨리 이곳에서 헤어나야 해. 나가서 정말 착하고 선하게 살면 되지 않을까. 나가면 이번 일을 교훈 삼아 정말 착하고 선하게 살자.

이런 생각들이 꼬리를 물고 있을 때 갑자기 교도소 3사 건물 어느 감방에서 외마디 비명이 자지러지게 들려왔다.

"아악! 내 눈! 내 눈…!"

다음 날 아침 운동시간에 전날 밤 외마디 비명의 전말을 알게 되었다.

3사의 어느 감방장이 새로 들어온 신참에게 자신의 성기를 입으로 애무하도록 했는데 극도로 모멸감에 사로잡힌 그 신참이 몰래 숨겨 놓은 젓가락으로 잠이 든 감방장의 눈을 찔러버렸다.

이러한 일련의 좋지 않은 사건들을 접할 때마다 훈이는 하루빨리 감방에서 헤어나고 싶었다.

며칠 후 훈이는 교도소 문을 나서고 있었다. 그 길이 또 다른 고난의 길이라는 사실을 까마득히 모른 채.

에나멜동선 공장

거의 1년 만에 다시 밟는 서울 땅은 변함이 없었다. 답답하고 꽉 막힌 그 무언가가 여전히 훈이를 압박했다.

출감 후 고향 안골마을에 들러 부모님께 잘못을 빌고 곧바로 서울로 올라왔다. 마주치는 마을 어른들의 눈초리는 '싹이 괜찮았던 놈이었는데 별스럽구나'라는 눈총으로 다가왔다.

훈이는 빨리 안골마을을 벗어나고 싶었다.

앞으로 굶어 죽는 한이 있더라도 식당이나 술집에선 다시는 일하지 않기로 했다. 하찮은 기술이라도 기술을 배우고 싶었다.

자동차 정비 기술이 장래성과 전망이 있을 것 같아 기웃거려 보았으나 가는 곳마다 신원증명서와 재정보증서를 요구했다.

교도소에서 이제 막 출소했기에 신원증명서가 온전할 리 없었다.

그 어느 곳에서 전과자를 선뜻 받아주겠는가.

전과자에 대한 사회의 냉대는 아주 심했다.

전과가 훈이의 생명 줄을 옭아매고 있었다.

신원증명서를 요구하지 않는 곳을 찾아 나설 수밖에 없었다.

며칠 동안 헤매자 올라올 때 지니고 온 몇 푼의 돈이 바닥이 날 지경이었다. 다행인 것은 돈이 다 바닥나기 전에 월세방을 얻어 놓았다는 것이다.

싸구려 방을 찾아다니다 면목동 중랑천 변 판자촌에 방 하나를 얻어 놓았다.

출소한 지 얼마 되지 않은 훈이 머리는 빡빡 밀린 머리였다.

빡빡 밀린 훈이의 머리는 직장을 구하러 다니는데 장애물이 되었다.

자연스레 깎은 스포츠형 머리도 아니고 아무렇게나 밀어 버린 머리가 숭숭 자라고 있었으니 보는 이마다 당연히 좋지 않게 보았다.

굶기를 밥 먹듯이 했다.

식당에서 일하는 외사촌 형을 찾아갔으나 한 끼 정도의 식사 이상으로는 더 이상 기대할 수가 없었다.

훈이가 하루종일 직장을 구하러 헤매다가 기가 죽어 자취방으로 돌아가고 있는데 중랑천 변 인분 냄새 사이로 이상야릇한 냄새가 훈이의 코를 찔러대고 있었다.

살펴보니 중랑천 변에 자리 잡은 조그마한 공장 굴뚝에서 나는 냄새였다. 냄새를 따라 그 공장을 찾아갔다.

"이곳은 환경이 굉장히 열악하고 고단한 곳인데 견디어 낼 수 있겠나? 며칠 하다 그만둘 것이면 애초에 시작하지 않는 게 좋아."

아! 드디어 일할 곳을 찾았구나.

"견딜 수 있습니다. 열심히 하겠습니다. 감사합니다."

"여기는 주야 맞교대 근무로 하루 열두 시간 일해야 하는 곳이다. 일주일은 주간 작업을 해야 하고 일주일은 야간 작업을 한다. 일요일 날은 주야 교대를 해야 하기에 격주로 24시간을 일해야 한다. 그래도 할 작정이냐?"

"네. 할 수 있습니다."

이렇게, 훈이는 소년 공장 노동자가 되었다.

그곳은 에나멜동선 전자석선을 만드는 영세 공장이었다.

출근해서 알게 되었는데 일 년에 명절 때에나 쉴 수 있는 공장이었다. 수많은 고열의 전기로를 가동하기에 가열시키기까지 들어가는 전기료가 엄청나다.

또한 기계를 멈추었다가 다시 가동하는 과정에서 발생하는, 제품으로 사용하지 못하게 되는 동선의 파동으로 인한 손실이 엄청나기에 기계를 자주 멈출 수가 없는 작업 구조였다.

이뿐만이 아니었다. 교대하는 교대 자가 갑자기 몸이 아프든가 집안의 애경사로 인해 출근하지 못하면 교대 자의 근무 시간까지 포함해서 꼬박 36시간을 작업해야 한다.

공장 작업 현장 사정이 이러하니 상대 교대 자를 생각해서 웬만큼 몸이 아프거나 집안에 일이 있어도 함부로 결근할 수 없는 영세 공장 작업장이었다.

훈이는 감지덕지 감사한 마음으로 첫 출근을 했다.

공장 작업 현장에 들어서니 네댓 명이 기계에 붙어 일하고 있었다.

건조로에서 발산되는 뜨거운 열기로 40도를 오르내리는 실내 온도가 숨을 콱 막히게 했다.

동선에 피복을 입히는 특수 도료가 건조로를 통해 건조되는 과정에서 내뿜는 신나 등 화공 약품 타는 냄새와 연기가 코를 찔렀다.

동선에서 날리는 동가루가 제대로 숨을 쉴 수 없게 만들었다.

환경이 이토록 열악해서인지 이곳에서 일하는 이들의 성격도 과격했다.

선임자들은 조금만 자기 맘에 안 들어도 망치나 스패너 등 공구를 집어 던지기 일쑤였다. 글자 그대로 분위기가 아주 살벌했다.

훈이는 걱정이 되었다.

'이러한 분위기에서 자칫 다툼이 일어난다면 어떻게 할 것인가.'

자신은 지금 2년 간 형을 유예 받고 있는 처지가 아닌가.

'조심해야겠다. 다툼을 피하고 어떠한 불합리한 일들이 나를 자극해도 참아내고 참아내자.'

이러한 훈이의 다짐을 비웃기라도 하듯 선임자들은 툭하면 욕지거리를 퍼붓고 공구를 집어 던졌다.

그들 선임자들이 훈이보다 나이가 월등히 많은 것이 아니었다. 훈이처럼 일찍 객지로 나온 훈이 동갑 나이도 있었다.

그들은 다른 이들보다 더 훈이를 모질게 대했다.

훈이가 공장에서 일한 지 며칠이 지났다.

사사건건 지속적으로 시비 아닌 시비를 걸던 그들은 어느 날 퇴근 후 훈이를 으슥한 골목으로 데리고 가는 것이었다.

소위 신참 신고식을 하겠다는 거였다.

골목으로 가면서 훈이는 되뇌었다.

'무슨 일이 있어도 참아야 한다!'

골목에 이르자 서너 명이 훈이를 빙 둘러싸고 노골적으로 시비를 걸어왔다.

"빵에 다녀왔냐?"

"별은 몇 개 달았냐?"

그들은 훈이의 멱살을 잡고 흔들어 댔다.

훈이는 그저 잘 봐달라고 했다.

정 자신을 패주고 싶으면 한 사람씩 패 달라 했다.

같은 조건에서 때리고 맞아야 사내답지 않느냐고 했다.

여럿이서 한 사람을 두들겨 패면 무슨 맛이 나겠냐고 했다.

훈이는 맞기로 작심하고 마음을 골목에 내던져 버렸다. 두 번 다시 감방엔 가기 싫었다.

헌데, 훈이가 정작 흠씬 맞기로 작심하고 몸과 마음을 내던져 버리니 상대들도 그런 싱거운 게임을 하기 싫어서인지 손을 내밀었다. 친구가 되어 보자 했다.

그렇게 친구가 된 동갑내기 종구는 초등학교도 제대로 나오지 못한 친구였는데 훈이를 매번 감동시키고 아프게 했다.

종구는 훈이를 유별나게 좋아했다. 아니 훈이가 더 그를 신뢰하고 좋아했는지도 모른다.

둘이는 피를 나눈 형제처럼 서로 의지하며 지냈다.

종구는 먹을 게 생기든 지닐 게 생기든 그 무엇이든 나누고자 했다. 집안의 일도 상의하고 서로의 고민도 털어놓았다.

훈이는 나눔의 아름다움을 그토록 철두철미하게 생활에 적용시킨 사람은 종구 말고 만나보지 못했다. 그는 나눔의 실천자였다.

'저런 친구가 공부를 많이 했어야 했는데….'

훈이는 종구를 볼 때마다 이런 아쉬움에 젖기도 했다.

종구는 효자였다.

매월 월급을 거의 다 고향 집 부모님께 보내고 있었다. 종구네 집은 훈이네 집만큼이나 가난했다.

그런 종구가 훈이를 끝내 아프게 했다.

"훈이야. 나 고향으로 가야겠어."

종구는 몸이 아프다며 귀향을 한 후 얼마 지나지 않아 이 세상을 떠나고 말았다.

훈이가 다니고 있는 공장은 작업 성격상 폐결핵에 걸리는 경우가 많았다.

어느 날 야간 작업을 할 때였다.

그날 밤도 전과 같이 신선반과 도장반에서 각각 두 명씩 작업을 했다.

훈이는 가느다랗게 늘린 동선에 특수 도료를 묻혀 고열의 건조로를 통과시켜 코팅을 하는 도장반에서 일했다.

신선반은 손가락만 한 굵기의 동선을 다이아몬드 다이스를 여러 개 통과시켜 원하는 굵기로 늘리는 삭업을 했다.

신선반에서 1차 작업을 마친 후 도장반에서 2차 작업을 했다.

새벽녘 몰려오는 졸음을 쫓느라 훈이는 작업 현장에 틀어놓은 라디오 카세트의 볼륨을 한껏 높였다.

'고오향이이 그으리워어도 모오옷 가아는 시이인세!'

카세트 녹음테이프에서 흘러나오는 흘러간 노래를 따라 목청껏 부르며 몰려

오는 잠과 싸울 때였다.

"아아악—!"

신선반에서 단말마의 비명이 시끄러운 기계 소음 속을 뚫고 훈이가 일하고 있는 도장반까지 들려왔다.

훈이는 비명 소리를 듣고 도장반 동료와 함께 신선반으로 득달같이 달려갔다.

아아!

두 사람은 벌어진 광경을 보고 그 자리에 얼어붙었다.

신선기계 동선을 감는 다섯 개의 굵고 기다란 쇠꼬챙이 샤프트에

신선작업하던 동료가 빨려 들어가 동선과 함께 휘말려 있었다. 작업복 자락이 샤프트에 말린 게 화근이었다.

상황은 참혹하고 처참했다.

아무렇게나 동선에 칭칭 감기고 샤프트에 꺾이고 찔린 몸은 무어라 표현할 수조차 없었다.

하얀 회칠을 한 공장 벽에 사정없이 검붉은 핏덩이가 뿌려졌다. 살점이 너덜너덜 걸레처럼 찢긴 작업복 밖으로 삐져나왔으며 내장이 흘러 나왔다.

사고를 당한 동료는 그 자리에서 즉사했다.

다른 기계에서 작업하던 신선반 동료가 비명을 듣고 달려가 기계 스위치를 급히 껐지만 때는 늦었다.

그동안 기계에 팔이 잘리고 전기에 감전되어 불구가 되는 등 크고 작은 사고를 보았지만 그 자리에서 즉사한 사고는 처음이었다.

훈이는 슬펐다. 너무 슬펐다.

그 슬픔은 어머니 대실댁의 투병을 보면서 느꼈던 슬픔과 탄광에 매몰되었던 아버지 정 씨를 보며 느꼈던 슬픔과 달랐다.

안골마을에서 배고픔에 뗏짱 풀을 뜯어 먹으며 느꼈던 슬픔과 달랐다.

잘 곳이 없어 정부종합청사 식당 냉동고와 대형 증기 가마솥에 숨었던 슬픔과 달랐다.

뜻하지 않게 부산교도소에 수감되었던 슬픔과 달랐다.

슬픔의 질이 달랐다.
그 슬픔은 급기야 무어라 표현 못할 분노가 되었다.

아버지 정 씨의 죽음

훈이는 언제나 파김치가 되었다.

12시간씩 주야 교대로 해야 하는 공장 일은 늘 힘이 부쳤다.

작업 현장 온도는 늘 섭씨 40도를 넘나들었다.

훈이가 일하는 공장은 땀을 비 오듯 흘리고 나서 소금 한 움큼을 집어먹고, 또 땀을 흘리고 소금 한 움큼을 집어먹고 하는 그야말로 '병아리 물 먹는' 노동 현장이었다.

땀을 흘린 만큼 염분을 채워줘야 한다.

훈이는 공장 현장에 비치해 놓은 천연 왕소금을 수시로 물과 함께 마셨다.

흘린 땀이 마르면 온몸에 하얗게 소금꽃이 피었다.

사무실에서 근무하는 여직원들이 퇴근해서 보지 않는 야간 일을 할 땐 그냥 팬티만 입고 일했다. 그러다가 때로는 불에 시뻘겋게 달궈진 동선에 화상을 입기도 했다.

그래도 훈이는 행복했다.

박봉이지만 꼬박꼬박 부모님께 월급을 보내드릴 수 있다는 것이 다행스러웠다. 몸은 고달펐지만 마음의 안정을 찾아가고 있었다. 점차 마음의 안정을 찾게 되니 옛 생각이 났다.

초등학교 4학년 때 어느 가을날 김소월의 시 「진달래꽃」에 반해 시인이 되고 싶었던 기억이 떠올랐다.

문학의 꿈을 접어야 하는 서운함을 달래기 위해 중학교 졸업 직후 라디오 드라마 극본을 집필, 공모에 응모했던 것도 생각났다.

훈이는 청계천 변에 헌책방이 많다는 누군가의 이야기를 듣고 찾아갔다.

청계천 변에는 2가에서 8가까지 헌책방이 즐비하게 늘어서 있었다. 헌책방에는 각종 양서들이 빼곡히 들어차 있었다.

야근을 하는 날이면 잠 때문에 어쩔 수 없었지만 낮일을 하는 날엔 퇴근 후 어김없이 청계천 헌책방을 찾아갔다.

헌책방의 책들은 헌책들이라 가격이 쌌지만 필요하다 해서 모두 사 모을 순 없었다. 정말로 필요하다 싶은 책 말고는 책방 한 귀퉁이에서 읽었다. 책방 주인들은 대개 책에 대하여 관대했다.

매번 영업 방해를 하는 훈이에게 싫은 소리를 하지 않았다.

훈이는 푸쉬킨과 고리끼, 톨스토이, 릴케, 두보, 니코스 카잔차키스 등을 만나 큰 감동을 받았다.

시나리오 작법 등도 다시 독학하는 기회를 가질 수 있었다. 이러한 훈이의 행태는 어찌 보면 문학에 대한 향수였다.

읽는 시간도 부족해 감히 습작은 염두에 두지 못했다.

"총각, 잠들었어? 밥 타! 밥 다 탄다구!"

바로 옆방에 사는 젊은 아줌마가 다급히 깨우는 소리에 훈이는 벌떡 일어났다.

연탄 화덕 위에 냄비 밥을 얹어 놓고 밥이 되는 동안 문지방에 잠시 누워 쉰다는 것이 그만 잠이 들어버린 모양이었다.

"정세훈 씨! 전보요!"

훈이는 저녁 밥상을 차리려다 말고 우체부가 주고 간 전보를 황급히 뜯어보았다.

'부친 위독 읍내 도립병원 입원 급래.'

읍내 도립병원에 입원한 아버지의 생명이 위태로우니 급히 오라는 내용이었다.

머리를 철퇴로 맞은 듯 다리 힘이 풀린 훈이는 그 자리에 털썩 주저앉았다.

'무슨 일일까? 갑자기 아버지가 위독하다니….'

두어 달 전부터 석이가 아버지 정 씨가 가끔 배를 아파한다고, 그래서 그 좋아하는 술도 먹지 못한다고 편지로 전해왔지만 크게 염려하는 말은 없었다.

"빨리 와 줬구나!"

훈이가 서둘러 고향 읍내 도립병원에 도착하니 기다리고 있던 어머니 대실댁이 훈이 손을 덥석 잡으며 말했다.

침울해 있던 외할머니 이 씨와 동생 석이와 순이도 훈이를 반겼다.
"아버지!"
병실 침상에 누운 아버지 정 씨의 몰골은 무어라 표현할 수 없을 정도였다.
뼈에 거죽만 붙어 있어 마치 미이라처럼 보였다.
훈이는 정 씨가 너무 가여워 정 씨의 핏기 없는 손을 자꾸 쓰다듬었다.
눈물이 앞을 가렸다.
정 씨가 초점 흐린 눈으로 훈이를 쳐다보았다.
"훈이야! 네 어머니와 동생들 잘 부탁한다. 아버지가 참 미안하구나!"
정 씨는 말하는 것도 힘들어했다.
훈이는 정 씨의 부탁에 크게 고개를 끄덕였다.
"아버지 왜 그런 말씀하세요?"
걱정 마시라는 말 대신 아버지의 죽음을 받아들이기 싫어 이렇게 말했다.
훈이에게 아버지가 있다는 그 자체가 큰 힘이 되었다.
아버지가 위독한 지금은 그 존재감이 더욱 크게 다가왔다.
정 씨는 오래전부터 간혹 배에 통증을 느꼈다.
그러나 그 통증은 곧 가라앉곤 했다.

통증이 좀 심할 땐 배 아플 때 먹는 환약을 먹으면 가라앉았다.
그러던 것이 2개월 전부터 고통스러울 정도로 통증이 왔다.
그 증세가 자주 왔으며 한번 오면 전과 다르게 쉽게 가라앉지 않고 오래 지속되었다.
그래도 정 씨는 '곧 가라 앉겠지' 하며 참았다.
술을 많이 마셔서 그런가 생각되어 술도 먹지 않았다.
"너무 늦게 오셨습니다."
정 씨를 진찰한 의사는 위암 말기라 했다. 말기 중에서도 최악이라 했다.
암이 다른 장기로 퍼져 손을 쓸 수 없는 지경이라 했다.
그저 통증 완화만 시킬 수 있는 상황이라 했다.
"훈이에게 이 상황을 말하지 말아라."
정 씨는 훈이가 객지 생활하는데 지장을 준다며 석이에게 말했던 것이다.
정 씨는 그날 밤 가족이 모두 지켜보는 앞에서 조용히 숨을 거두었다.
왜정 시대 때 일본에 의해 사할린으로 끌려가 탄광에서 탄을 캤으며, 해방되어 동란 중 두 아들을 잃고, 평생 탄광에서 탄을 캐는 고된 노동으로 살아온 가엽고 한 많은 생이 끝난 것이다.
정 씨의 이 고단하고 파란만장한 생은 정 씨 잘못으로 전개된 것이 아니다.

그 어느 누구보다 성실했던 정 씨의 삶을 고통스럽게 만든 것은 정 씨 자신이 아니라 주변 환경이 그렇게 만든 것이다.

아버지 정 씨가 없으니 이제 열일곱 살 훈이가 정 씨네의 가장이 되었다.

가산으로 있던 닭잘뫼마을 두 마지기 다랑논은 이미 정 씨의 병원비를 대느라 처분한 상태였다.

이제 경작할 땅도 없다.

있다 해도 경작할 사람이 없다.

훈이는 공장 동료의 소개로 서울 전농동 산꼭대기 문간방을 세 얻어 어머니 대실댁과 동생들을 데려왔다.

석이와 순이를 인근 가까운 학교로 전학시켰다.

갑자기 가장이 된 훈이는 어깨가 무거웠다.

그러나 한 가지 참으로 다행스럽게 생각했다.

어머니 대실댁의 속앓이 병은 서울로 이사 와서도 자주 도지곤 했다.

그럴 때마다 지체하지 않고 집과 가까운 병원으로 갔다.

병원에서 진료받고 모르핀 주사와 처방해 준 약을 복용하면 금방 증상이 가라앉았다.

따라서 안골마을에 있을 때처럼 장기간 앓아눕지 않게 되었다.

장기간 앓아눕지 않고 제때에 시기적절하게 치료받으니 대실댁은 하루가 다르게 건강해졌다.

속앓이 병 증상이 와도 미미하게 왔다.

훈이는 진즉에 어머니 대실댁을 서울로 모셔오지 못한 것이 후회되었다.

"엉아야! 나 학교 그만두고 싶어."

석이가 공장에서 집으로 돌아온 훈이에게 말했다.

"뭐라고? 왜? 누가 너 괴롭히니?"

"그게 아니고 엉아야."

"그럼 왜?"

"엉아한테 미안해서. 내 학비 대느라 엉아 힘들잖아."

훈이는 석이 손을 모아 잡았다.

"석이야! 그런 거였구나! 괜찮아! 절대 미안해 하지마! 엉아는 가장이란다. 가장은 당연히 식구들 책임져야 하는 거야. 그러기에 너와 순이 학비는 내가 대 줘야 하는 거다."

훈이가 공장에서 벌어오는 돈은 훈이네 네 가족 생활비와 대실댁 병원비, 석이와 순이 뒷바라지하기에 벅찼다.

한 푼이라도 아껴 써야 했다.

버스비를 아끼느라 전농동 집에서 면목동 중랑천 변 공장까지 먼 길을 걸어 다녔다.

훈이는 집에서 이른 저녁을 먹고 공장으로 밤일을 나섰다.

아버지 정 씨가 생각났다.

정 씨는 이른 저녁을 먹고 탄광으로 탄을 캐러 갔다.

훈이도 지금 정 씨처럼 이른 저녁을 먹고 공장으로 밤일을 가고 있다.

그렇다면, 이다음 훈이 자신이 낳은 아들도 자신처럼 어디론 가로 밤일을 나설까?

훈이는 고개를 가로저었다.

'절대로 그리 되어선 안 되지!'

중랑천 변에 도착했다.

누군가 반대편에서 이쪽으로 타고 왔는지 거룻배가 닿아 있었다.

거룻배에 올라 줄을 당겨가며 중랑천을 건넜다.

중랑천은 중랑천 변 판자촌에서 유출된 인분이 섞여 흘렀다.

공장에 도착하자 건조로의 열기가 변함없이 숨을 턱턱 막히게 했다.

야식 시간이 되어 훈이와 작업 동료는 함께 라면을 끓여 먹었다.

동료가 신선반으로 신선 타레를 가지러 갔을 때였다.

훈이는 혼자 타레를 교체해 바꿔주는 작업을 했다.

에나멜동선이 다 감긴 타레를 새로운 빈 타레로 갈아주는 작업이다.

고속으로 돌아가고 있는 쇠 샤프트에 끼워 교체하는 작업이었다.

그 순간이었다.

아앗!

훈이의 작업복 왼팔 소매자락 끝이 아래쪽 샤프트에 감겼다.

순식간에 벌어진 일이었다.

강력한 모터와 체인으로 연결된 샤프트라 누가 스위치를 끄기 전엔 절대 멈추지 않는다. 안전장치는 전혀 없었다.

신선반에서 있었던 사망 사고가 훈이의 머릿속으로 번개처럼 스쳤다.

훈이는 죽을힘과 온 힘을 다해 왼팔을 뒤로 뺐다.

찌이익―!

작업복이 찢어지며 훈이는 가까스로 큰 사고의 위기를 모면했다.

낡은 작업복이었기에 찢어졌을 것이다.

만약, 작업복이 찢어지지 않았으면 사망까지 갈 수 있는 상황이었다.

훈이의 왼쪽 팔목부터 팔꿈치까지 꽤 큰 상처가 나 피가 흘렀다.

"오오! 감사합니다!"

훈이의 온몸이 후들후들 떨렸다.

공장 따라 부평으로

구로1, 2, 3공단과 부평4공단, 주안5공단 등 전국에 조성된 산업공단이 어느 정도 활성화되자 정부는 서울의 유해 업종을 지방으로 이전하는 정책을 펼쳤다.

이에 따라 훈이가 일하는 에나멜제조 공장도 인천시 부평으로 이전해 왔다.

서울특별시에서 지방으로 쫓겨난 셈이다.

"어머니, 제가 일하는 공장이 부평으로 이사 가요. 부평으로 가면 기숙사에 있게 되요."

"그러니? 또 집 떠나 혼자 있게 되었구나."

어머니 대실댁은 훈이가 집 떠나 있는 것이 마음에 걸렸다.

"교대 날이나 오게 될 거에요. 한 달에 두 번 정도 올 수 있을 거예요. 급히 전할 일이 있으면 공장으로 전화 주세요."

"그러마. 교대 날 몸 고달프게 왔다 가지 말고 기숙사에서 쉬어라."

공장이 이사 온 곳은 부평4공단 인근이었다.

소규모 영세업체라 공단에 입주하지 못하고 외따로 떨어져 있었다.

훈이가 일하는 공장은 주간 조 4명, 야간 조 4명이 일했다.

각 조에 신선반 2명, 도장반 2명이 배치되어 일주일 주기로 주야간 작업을 바꾸어 일했다.

"이번 달 월급 지급도 늦춰진대."

송인호가 훈이에게 말했다.

송인호는 도장반에서 훈이와 둘이 한 조를 이뤄 작업하는 동료 형이다.

"그래요? 생산량은 전보다 늘어나는데 월급을 급여일에 안 주니 이해가 안돼요."

생산량이 는다는 것은 그만큼 물건이 잘 팔린다는 것이다.

그런데도 지난달에 이어 이번 달에도 월급 일자를 못 지킨다니 훈이는 부아가 났다.

"그러게 말이다. 사장은 자가용도 최고급으로 다시 뽑았더구먼."

훈이는 걱정되었다.

훈이네는 훈이 월급에 맞춰 살고 있기에 늦춰지는 그 기간만큼 살아가기 힘들다.

사장은 돈독이 오른 돈벌레인 양 지극히 인간적이지 못했다.

작업복조차 제때에 지급되지 않아 겨울 작업복을 여름에 입고 작업해야 했다.
기숙사에서 덮고 자는 이불이 해져도 제때에 사 주지 않았다. 기숙사는 말이 기숙사지 마치 돼지우리를 방불케 했다.
식재료 비에도 인색해 반찬이 형편없었다.
국에 건더기는 없고 멀건 국물만 있었다.
상황이 이런데도 그 어느 누구도 사장에게 따지질 못했다.
"그게 불만이면 당장 그만두고 나가! 일할 사람은 얼마든지 많으니까."
언젠가 송인호가 사장에게 개선을 요구했다가 호되게 면박을 당하는 것을 지켜본 이후 더 이상 누가 나서질 못했다.
"훈이야. 나 지금 4공단 안에 있는 공장에서 일하는 친구 만나러 가는데 너도 함께 갈래?"
같은 조 신선반에서 일하는 변재용이 말했다.
30살이 넘은 변재용은 나이 차이가 많이 나는데도 훈이를 가까이 대했다.
기숙사에서 훈이와 같은 방을 사용하는 그는 결혼할 나이가 한참 지났는데도 아직 장가를 가지 않았다.
"네. 형, 같이 가요."
부평4공단은 조성한 부지에 공장들이 다 들어차지 않고 군데군데 이빨 빠진 모양으로 비어 있었다.
훈이가 변재용과 함께 그의 친구를 만난 후 다시 공장 기숙사로 돌아오는 길이었다.

"아저씨, 안녕하세요? 저어 우리 떡볶이 좀 사 주세요."

맞은편에서 마주 오던 소녀 둘이 다짜고짜 길을 막고 변재용에게 떡볶이를 사 달라 했다.

일면식도 없는 처음 보는 소녀들이었다. 공장 작업복을 입고 있었다. 훈이 또래 아니면 훈이보다 나이가 더 어려 보였다.

마음씨 좋은 변재용은 상대방들이 어린 누이동생 같아서인지 선뜻 인근 포장마차로 데리고 가서 떡볶이를 사 주었다.

명랑 쾌활한 그녀들은 연신 수다를 떨며 떡볶이를 맛있게 먹었다. 헤어질 때 요구하지도 않은 연락 전화번호와 주소를 쪽지에 적어 변재용에게 주었다. 그리고 변재용의 연락처도 달라 했다.

이것이 계기가 되어 훈이는 강정희와 교제를 하게 되었다. 그 두 명의 누이 중 한 명이 강정희다.

강정희는 훈이와 단둘이 처음 만나던 날, 변재용에게 다짜고짜로 떡볶이를 사 달라 한 것은 마주 오던 훈이가 한눈에 맘에 들어 사귀고 싶어서 한 행동이었다고 고백했다.

훈이도 예쁜 인상에 선해 보이고 얼굴 피부가 유난히 하얀 강정희가 싫지 않았다. 훈이는 그녀를 '이쁜이'라고 불렀다.

둘이는 서로 시간만 나면 만났다.

낮일을 마치고 해가 진 저녁 공단 인근 들판을 함께 걸었다.

이쁜이는 훈이보다 한 살 어렸다. 중학교를 졸업하고 공부하기 싫어 공장에서 일한다 했다.

이쁜이의 아버지는 수원에서 꽤 알려진 개원한 지 오래된 한의원의 원장이었다.

외동딸인 이쁜이는 훈이와 두 번째 만나는 날 성경책을 선물할 정도로 독실한 천주교 신자였다. 심성도 다정다감하고 착했다.

"오빠는 나를 항상 어린애로 생각해. 한 살밖에 차이나지 않으면서."

만나면 진학해서 더 공부하라고 권하는 훈이에 대한 이쁜이의 불만이었다. 훈이는 이쁜이에게 만날 때마다 고등학교에 들어갈 것을 강권했다.

자신이 살아온 이야기를 조금도 거짓 없이 모두 다 말해 주었다.

어쩔 수 없이 중학교만 졸업하고 조그마한 영세 공장에서 일하고 있지만 여건이 되면 더 공부하고 싶다고 말했다.

이쁜이는 훈이의 지난 살아온 이야기에 매료되었다.

신비한 세계를 가 보는 느낌이었다.

그 신비함은 무섭고 슬프고 안타깝고 안쓰럽고 화가 났다.

훈이의 이야기를 듣다 보면 자기 또래의 어린 훈이가 마치 나이 많은 할아버지처럼 생각되었다.

훈이의 집요한 강권과 설득으로 이쁜이는 동급생들보다 1년 늦게 고등학교로 진학했다.

이쁜이가 고등학생이 된 후 훈이는 이쁜이를 잊기로 했다.

왜 그런지 자꾸만 그리해야 한다는 생각이 들었다.

그래서 일절 일부러 연락하지 않았다.

그런데도 이쁜이는 수시로 연락을 해왔다.

주말과 주일, 휴일 등을 이용해 훈이가 일하는 공장으로 찾아오곤 했다.

직장을 옮기면서 일부러 연락을 아니 해도 먼저 근무하던 공장 동료들에게 훈이가 옮겨간 공장의 전화번호를 알아내 찾아왔다.

"난 오빠 덕분으로 고등학교에 들어갔어. 오빠가 내게 자극을 안 주었으면 난 진학을 안 했을 거야."

개나리가 흐벅지게 피던 봄 일요일, 이쁜이의 제안에 따라 함께 경복궁을 갔다.

이곳저곳 경내를 돌아보고 연못가에 나란히 앉았다. 활달하고 명랑한 이쁜이는 이런저런 화제로 제비처럼 연신 떠들어 대었다.

"이쁜이! 고등학생이 되었으니 이제 열심히 공부해서 대학교도 들어가야지."

"또 그 노땅 같은 말! 걱정하지 마세요. 호호."

훈이는 이쁜이와 가까워진다는 것이 슬펐다.

더 많이 가까워져 슬픔이 더 커지기 전에 헤어져야겠다고 마음먹었다.

작은 돌멩이에 그 마음을 담아 고요한 연못에 던졌다. 그 여파에 연못의 부초들이 흔들렸다.

이쁜이에게 일부러 알리지 않고 부천시 원미동에 있는 공장으로 옮겨 갔을 때였다.

찬바람이 몹시 부는 겨울날 토요일, 이쁜이가 또 수소문해서 늦은 밤 공장으로 훈이를 찾아왔다.

찾아오느라 아직 저녁을 먹지 못했다는 이쁜이를 부천역 인근에 있는 중국집 식당으로 데려가 자장면을 사 주었다.

이쁜이는 가난한 훈이를 만날 때면 당연히 자장면을 먹는 것으로 알고 있었다. 훈이가 그 이상 비싼 음식을 사 주지 못했기 때문이다.

"시간이 이렇게 늦었는데 집으로 갔다가 다른 날 다시 오지 그랬어."

"쉽게 찾을 줄 알았지. 내가 이 고생하지 않게 미리 연락해서 알려주면 안 돼? 왜 매번 꼭꼭 숨어?"

"난 그냥 연락 안 했을 뿐이야. 근데 왜 왔어?"

"우리 아빠와 엄마가 오빠 데리고 오라 해서."

"아니? 왜 부모님이 나를?"

훈이는 전혀 예상하지 못한 대답에 놀랐다.

"호호! 공부 안 하겠다며 속 썩이던 나를 공부하도록 만들었으니까."

"······?!"

"오빠에게 고맙다는 말씀 전하고 싶대. 꼭 보고 싶대."

"안 간다고 말씀드려."

훈이는 단호하게 말했다.

이쁜이가 식사를 마치고 나니 부천에서 수원 가는 모든 교통편이 끊긴 시간이 되었다.

곧 통행금지 시간이 될 것이다.

"오빠! 무서워서 혼자 못 자. 여관에서 나 혼자 어떻게 자."

훈이는 이쁜이에게 여관방을 얻어주고 공장 기숙사로 가려 했다. 그런데 이쁜이가 무섭다며 같이 자자는 것이었다.

"그건 말도 안 돼!"

그러나 이쁜이는 발을 동동거리며 울상을 지었다.

훈이는 난감했으나 함께 여관방에 들었다.

"그쪽에서 이불 덮고 자. 난 여기서 잘 테니까."

이불장에서 이불을 꺼내 이쁜이에게 주었다.

훈이는 상의 겉옷만 벗어 옷걸이에 걸어 놓고 옷을 입을 채로 이쁜이가 누운 반대쪽 구석에 벌러덩 누웠다. 냉기가 온몸에 엄습해 왔다.

"추운데 이불 속으로 들어 와."

이쁜이가 훈이에게 말했다.

지금 무슨 소리를 하는 건가? 이불 속으로 들어오라니? 말도 안 되는 소리였다.

"안 되어. 걱정말고 어서 자."

훈이는 이불 속으로 들어가면 절대 안 된다고 다짐했다.
잠결에 기척이 있어 눈을 뜨니 이쁜이가 이불을 들고 와서 훈이 곁에 누워 있었다.
"오빠 추울까 봐서 함께 누웠어."
아! 이런, 도저히 참기 힘든 고문을 서슴없이 가하다니, 훈이는 그 고문 앞에 자신을 시험하기로 했다.
절대로 선을 넘어선 안 된다. 이쁜이와 선을 넘지 않는 것을 스스로 시험하기로 마음을 단단히 먹었다.
"나 좀 안아 줘. 오빠 품 안에 안겨 자고 싶어. 그냥 꼬옥 안아만 줘. 아무것도 하지 말고 그냥 안아 줘."
훈이는 이쁜이를 꼬옥 안았다.
상큼하고 풋풋한 고문 덩어리가 훈이 가슴에 푹 안겨 훈이의 몸과 마음을 사정없이 고문했다.
훈이는 그 고문을 이겨내느라 이쁜이가 알아차리지 못하게 가쁜 숨을 달래가며 심호흡을 했다.
"이쁜이! 오늘 왜 이리 경솔했어? 다시는 이렇게 경솔한 행동 하지 마. 알았지?"
훈이는 그날 고문 덩어리를 안은 채 잠이 들었다.
이쁜이는 이후로도 공장으로 수시로 찾아왔다.

수년의 세월이 지난 어느 날이었다.

소년 공장 노동자 훈이는 이제 혈기왕성한 어엿한 청년이 되었다.

대학생이 된 이쁜이가 전화기를 통해 들뜬 목소리로 꼭 만나야 한다는 부천역 다방으로 나갔다.

야간 작업을 한 훈이는 초췌한 몰골로 나갔다.

"이쁜이. 학문에 정진하고 결혼해야 할 숙녀가 이 대책 없는 공돌이만 찾아오면 어떻게 해? 이제 결혼할 사람도 찾아야지."

"무슨 말이야? 내가 결혼할 사람은 앞에 있는데. 나 오빠랑 결혼할 거야. 나랑 결혼해줘."

"……?!"

"내 결혼 문제로 집안에서 요즘 난리야. 좋은 혼사처가 있다는 둥 좋은 사람 있으니 만나 보라는 둥 하도 난리 쳐서 부모님께 오빠 말씀드렸어. 오빠라면 무조건 결혼 승낙하신다 했어. 그래서 오늘 만나자고 한 거야."

"아니 지금 무슨 말 하고 있어? 나랑 결혼한다니 지금 제 정신이야?"

"왜? 오빠처럼 좋은 사람이 어디 있어? 믿음직한 남자가 어디 있어? 난 내가 좋아하는 남자와 결혼하기로 마음먹었어. 오빠가 좋아. 단짝 친구에게 신랑감 인사시켜준다고 데리고 왔어. 저쪽 편에 앉아 있는데 우리 말 마치고 가서 인사 나눠."

'이런 낭패가 어디에 있단 말인가?'

훈이 입장에서는 절대로 안 될 말을 하고 있었다. 훈이가 처해 있는 현실이 용납할 수 없는 말을 이쁜이는 하고 있었다.
"안 돼. 내 처지를 잘 알잖아? 나는 결혼할 수 없다는 거."
"걱정하지 마. 우리 집에서 다 생각하고 있어. 결혼 후 오빠 직장까지도."
이쁜이는 경제력이든 인맥이든 탄탄한 자신의 집안을 전제로 한 말이었다. 그건 훈이에게 있어 더더욱 안 되는 것이다.
예쁘고 배경 좋은 외동딸 그녀와 결혼하면 앞으로의 삶이 보다 행복해질 거라는 생각이 들기도 했지만, 그리해선 안 된다는 생각이 확고했다.
이쁜이의 생각을 포기할 수 있게 하는 특단의 그 어느 연기가 필요했다. 현재 훈이 자신의 건강과 몰골이 형편없는 것을 내세우기로 했다.
"안 된단 말이야. 나는 결혼할 수 없어. 결혼하면 안 된다고."
"왜? 오빠 내가 싫어? 나는 결혼 상대가 될 수 없다는 거야?"
"그런 게 아니란 말이야. 사랑해서 그런 거야."
"사랑하면 결혼하면 되지? 못 한다는 이유를 말해 봐."
"그 이유를 꼭 들어야 하겠어? 말하기도 괴로워!"
"난 그 이유를 알아야 하겠어. 납득할 수 있는 이유면 나도 물러설게."
훈이는 이 상황에서 좀 더 심각해져야 했다. 심히 괴로운 표정으로 말했다.

"나 얼마 못 살아. 시한부 판정을 받았어."

"……?!"

"그래서 못한다는 거야. 이제 알겠어? 맘 아프게 해서 미안해."

"걱정 마. 우리 아빠 유능한 한의사잖아. 아빠와 상의해서 어떻게 해 볼게."

"고마워! 이미 내로라하는 종합병원에서 판명 난 거야. 그러니 나에 대한 감정 거두어 줘. 나도 그리할게."

이쁜이는 울고 있었다.

그녀의 쌍커풀 진 왕방울 같은 까만 두 눈동자에서 영롱하면서도 말 없는 눈물이 방울방울 식탁 위로 뚝뚝 떨어져 산산이 부서졌다.

마치 훈이와 이쁜이가 그동안 애틋하게 쌓아온 만남이 부서져 종지부를 찍듯이 무참히 부서졌다.

훈이는 말없이 울고 있는 그녀를 다방에 홀로 두고 나왔다. 마음이 아프다 못해 몹시 아렸다.

이후 며칠이 지난 뜨거운 여름날이었다.

공장에서 주간 조 낮일을 마친 훈이는 늘 해오던 대로 기숙사로 돌아와 샤워를 했다.

샤워를 하고 나자 으슬으슬 온몸에 몸살 기운이 도는 것 같았다.

현장에서 작업하는 동안 하루에도 몇 번씩 더위를 씻어 내느라 물을 뒤집어쓰고 흘린 땀을 보충하느라 소금을 집어 먹었다.

그 여파로 인해 감기가 몸에서 떠날 날이 없었다. 이런 현상은 훈이뿐만이 아니라 모든 공장 동료들이 겪는 공통적인 현상이었다.

약국에서 지어 온 감기약을 먹은 지 불과 몇 분이 지나지 않아 온몸이 심하게 가려왔다.

특히 입속과 남근 등 피부가 연약한 부분이 심했다.

다음 날 아침이 되자 온몸에 붉은 반점들이 나타나고 그 반점들이 앉은 피부가 벗어지며 진물이 흘렀다.

남근은 표피가 홀딱 벗어져 그야말로 하나의 고깃덩이로 변했다.

표피가 고깃덩어리처럼 벗어졌는데도 새벽이면 어김없이 수면 중에 자연 발기가 되었다.

표피가 없이 발기가 되니 발기되면서 팽창한 근육이 면도칼로 그어 놓은 것처럼 수없이 갈라져 피가 사방으로 튀었다. 절망이었다.

피가 흐르고 진물이 흘렀다. 온몸 전체가 하루 사이에 엉망이 되어 버렸다.

"진균으로 생긴 피부병입니다."

"약 부작용으로 생긴 피부병입니다."

병원으로 달려갔으나 확실한 진단이 나오지 않았다.

다른 병원으로, 또 다른 병원으로, 서울이든 지방이든 피부병을 잘 본다는 병원은 다 찾아갔으나 어떠한 병인지 뚜렷한 진단을 내리지 못했다.

훈이는 상처 나고 짓무른 남근과 온몸 곳곳을 붕대로 싸매고 공장으로 일을 나갔다.

이렇게, 훈이가 공장에서 피와 땀을 흘린 값으로 훈이네는 살았다.

청년이 되다

훈이가 공장 기숙사에서 자고 일어났는데 덮고 잔 이부자리가 흥건히 젖어 있었다. 잠이 든 사이 자신도 모르게 흘린 식은땀 때문이었다.

어느 순간 가슴이 답답해 오고 식욕도 없어지고 감기몸살 기침이 잦았다. 열악한 환경으로 인해 혹시 폐에 이상이 생기지 않았는가 싶어 영등포에 있는 흉부외과 전문의를 찾아갔다.

"다행히 폐에는 이상이 없습니다."

촬영한 엑스레이 필름을 자세히 살펴본 의사가 말했다.

담당 의사는 건강에 좀 더 유의하라는 충고를 해 주었다.

염려했던 폐에 이상이 없다니 다행이었다. 공장 동료들 몇몇이 폐병에 걸려 낙향하는 모습을 보아왔던 터라 내심 걱정을 했었다.

병원 문을 나서니 함박눈이 내리고 있었다.

훈이는 영등포 전철역으로 향했다.

수원에서 살고 있는 사촌누나네 집에 가기 위해서였다. 승강장에서 수원으로 가는 전철을 기다리고 있는데 누군가가 말을 걸어왔다.

"저어, 여기서 수원으로 가려면 구로역에서 전철을 갈아타야 하나요?"

아가씨였다. 빼어난 미인은 아니었으나 한눈에 귀엽다는 인상을 강하게 풍기고 있었다.

우편배달부 가방만 한 커다란 가방을 어깨에 메고 있었다. 옷차림도 세련되어 보였다.

행색으로 보아 영등포에서 수원 가는 전철에 대해 모를 리가 없어 보이는데 그걸 묻고 있다니 훈이는 의아하다는 생각이 들었다.

"여기서 수원으로 가는 전철을 타면 됩니다. 수원으로 직접 가는 전철이 있거든요."

"고맙습니다."

몇 분 후 수원행 전철이 도착하고 훈이는 행인들 틈에 끼여 전철에 올라탔다. 전철 안은 수많은 인파로 붐비고 있었다. 창밖 역사엔 여전히 눈발이 날리고 있었다.

"저어, 어디까지 가세요?"

훈이가 소리 나는 쪽으로 고개를 돌려보니 조금 전 승강장에서 길을 묻던 아가씨가 얼굴을 빤히 치켜 쳐든 채 묻고 있었다.

"수원까지 갑니다."

훈이는 더 이상 긴 대답이 필요하지 않다 싶어 간단히 대답했다.

그런데도 그녀는 계속 말을 걸어오고 있었다.
"수연이라고 해요."
"예쁜 이름이네요. 훈이라고 합니다."
"정감이 가는 이름이네요. 수원에서 살고 계세요?"
"아니오."
"그럼 무슨 일이 있어 가시는 건가요?"
집요하다 싶을 정도로 던져오는 수연의 질문에 어느새 둘은 오래 전부터 알고 지내온 사이처럼 많은 이야기를 나누게 되었다.
부곡에서 살고 있다는 수연은 훈이에게 초면에 실례가 많았다며 차를 한잔 살 테니 부곡에서 잠깐 내렸다가 가면 안 되겠느냐고 보채왔다. 그것은 거의 반강제였다.
순간, 훈이는 수연의 정체가 의심스러웠고 그 의도가 아리송했다.
며칠 전 신문에 일부러 지나가는 남자를 유혹해 데이트를 하다가 우연히 남편에게 들킨 것처럼 꾸며 금품을 갈취하는 등 낭패를 준 불량한 사건이 기사화된 걸 보았다. 수연이 혹시 그런 여자는 아닌지 의심이 갔다.
그러나 훈이의 발길은 어느새 수연을 따라 부곡역에서 하차하고 있었다. 둘이는 역전 지하 다방으로 들어가 자리를 잡았다.
수연은 발랄하고 명랑한 성격을 갖고 있었다.
처음 만난 사이인데도 스스럼없이 많은 이야기를 주절이 늘어놓

앉다. 이와 같은 인연으로 수연과 훈이는 머지않은 후일에 친구 사이가 되었다.

그런데 둘 사이가 가까워지면서 훈이는 감당하지 못할 사실을 알게 되었다. 수연은 훈이가 의사 수업을 받고 있는 것으로 착각하고 있었다.

영등포 전철역에서 처음 수연을 만나던 날 훈이는 폐를 촬영한 엑스레이 필름을 담은 병원 봉투를 들고 있었다.

수연은 그것을 보고 훈이가 병원에서 근무하고 있는 것으로 착각했던 것이다. 병원에서 의사 수련을 받고 있는 것으로 알았다.

훈이 몸에서는 에나멜동선을 제조하는 과정에서 취급하게 되는 화공 약품 소독약 크레졸 냄새가 강하게 풍기고 있었다.

병원 봉투와 소독약 냄새!

이러한 정황들을 종합하여 제멋대로 판단했던 것이다.

"의사 직업은 이민 가기가 수월하대. 우리 오빠들이 미국으로 이민 가서 살고 있거든. 우리도 이다음에 이민 가서 살자."

어느 날 수연이가 훈이에게 한 말이다.

'이럴 수가! 이런 낭패라니…! 그렇담 이 여자는 내가 예비 의사인 줄 알고 처음부터 계획적으로 접근했다는 것이 아닌가? 그럼 애당초 수련의냐고 물어볼 것이지, 물어보지도 않고 제멋대로 북치고 장구를 치다니….'

한편으론 괘씸하기까지 했다. 훈이를 원하는 게 아니라 의사라는 직업을 더 원했던 게 아닌가.

훈이는 둘 사이가 더 깊어지기 전에 이 사실을 알게 된 것이 다행이라고 생각했다.

그래서 그날 수연에게 자신의 직업이 그녀가 착각하고 있듯이 병원의 종사자가 아니라고 말해 주었다. 중학교밖에 나오지 않았으며 밑바닥 인생을 살고 있는 사실 등을 그동안 살아온 이야기와 곁들여 모두 다 말해 주었다.

수연은 훈이의 이야기를 듣는 동안 벌어진 입을 다물 줄을 몰랐다. 그러나 수연은 훈이를 원망하지 못했다. 훈이가 수연을 속인 것이 아니고 그녀 자신이 그렇게 미루어 짐작한 것이기 때문이었다.

훈이의 이야기를 다 듣고 난 수연은 푸념 같은 말을 내 뱉았다.

"그런데 왜 훈이 씨는 외모를 보나, 그 모든 것이 공돌이처럼 보이지 않는 거지? 모든 것이 병원에서 일하는 사람으로 보였단 말이야."

"이런 참 딱하긴. 공돌이는 몸에 공돌이라고 쓰고 다녀야 하나!?"

훈이는 수연이 측은하게 보였다. 어찌 보면 수연을 미워해야 하는데 그녀가 참으로 안쓰럽게 생각되었다.

수연은 인천에 있는 증권회사 지점에서 일하고 있었.

증권업이 시작된 지 얼마 되지 않았다. 따라서 수연의 직업은 젊은이들로부터 선망의 대상이었다. 수연은 그곳에서 유능한 사원으로 인정받고 있었다.

"훈이 씨! 지금부터 공부해. 모든 것은 내가 다 해 줄게. 나 돈 많이 벌잖아. 자기는 지금부터 공부하면 무엇이든 할 수 있을 거야. 돈 걱정하지 말고. 내가 다 뒷바라지 해 줄게. 응?"

그러나 훈이는 수연의 제안을 받아들일 수 없었다.

수연의 마음을 이해할 수 있었으나 훈이가 덜렁 공부한다고 나서면 동생들 학비 등 훈이네 집 가계는 누가 책임질 사람이 없었기 때문이다.

그렇기 때문에 중학교를 졸업하자마자 사회에 뛰어들었지 않은가.

그리고 이쁜이와도 헤어진 것이 아닌가.

훈이는 자신 하나만 생각하면 그 무슨 짓을 해서라도 그깟 공부 하나 못할까 싶었다.

그날 이후로 수연으로부터 여러 차례 만나자는 연락을 받았으나 다시는 수연을 만나지 않았다.

단칸방 결혼 생활

세월은 몇 년 더 흘러갔다.

훈이의 지극정성으로 어머니 대실댁의 속앓이 병이 씻은 듯이 나았다.

남동생 석이는 인권 변호사가 되어 소외된 사람들을 대변하는 활동을 했다.

여동생 순이는 수녀가 되어 불우한 이웃을 보살피는 단체에서 활동했다.

훈이의 책임감이 강한 헌신적이고 희생적인 가장의 역할로 동생 석이와 순이가 모든 학업을 마치고 훌륭한 사회인이 될 수 있었다.

석이와 순이가 헌신하고 봉사하는 직업을 갖게 된 것은 훈이의 영향이 컸다. 어린 시절부터 동생들을 위해 희생하며 살아온 훈이의 삶을 보고 자신들의 진로를 정했던 것이다.

이로써 훈이가 소년 공장 노동자가 되어 이제까지 아버지 정 씨 대신 지고 온 가장의 짐은 덜게 되었다.

그러나, 여전히 공장 노동자로 살아가고 있는 훈이는 새로운 가장의 짐을 지게 되었다

개나리가 노오랗게 만발한 봄날에 훈이는 여공 지영에게 장가를 갔다.

훈이처럼 어린 나이에 공장에서 일해 온 부평4공단 여공 지영과 결혼했다.

지영은 편지로 그립다, 보고 싶다, 사랑한다는 말 대신 연장 작업, 휴일 특근 작업, 36시간 교대 작업, 공장 생활의 고단한 이야기를 주고받은 여공이다.

훈이와 지영은 아프지만 병원 갈 돈이 없다는 소식을 주고받았다.

'아프지만' 이란 소식에 서로 보고 싶었다.

'병원 갈 돈이 없다'는 소식에 서로 사랑하고 결혼했다.

둘이는 펜팔로 만났다.

훈이가 공장 기숙사에서 우연히 모 주간지 잡지를 뒤적이다 거기에 난 펜팔 광고를 보고 신청을 한 게 계기가 되었다.

훈이는 배운 것도 신통치 않고 그렇다고 이렇다 할 가문의 배경이 있는 것도 아니고 개인적으로 모아둔 재물이 있는 것이 아니었기에 늘 이성에 있어 적극적이질 못했다.

그동안 혈기 왕성한 젊은이 입장에서 이성과의 교제가 전혀 없던 건 아니지만 훈이는 늘 그녀들로부터 위축되어 있었다.

정말 맘에 드는 상대가 나타나도 자신의 처지만 생각하면 적극적으로 나서질 못했다. 가까이 접근을 하면 제 주제를 파악하지 못하고 있다며 면박을 줄 것만 같아 그냥 지나치고 말았다.

펜팔은 일부러 만나지 않아도 되고 편지로만 오고 가며 서로의 마음을 나눌 수 있는 것이기에 마음이 놓였다. 서로에게 상처를 남기지 않을 것 같았다.

훈이는 잡지에 광고가 난 펜팔을 주선해 주는 업체에 연락을 했다.

나이와 직업, 출생 연도, 출생지, 성격 등을 적고, 원하는 상대방의 연령, 직업 등을 적어 신청을 했다.

상대방의 나이는 훈이보다 네 살 어린 나이부터 한 살 많은 나이까지를 택했다. 특별한 이유는 없었다. 혹 나이가 한 살 많은 이성이 펜팔 상대가 된다면 어린 이성들과는 색다른 의미가 있을 것 같았다.

주선해 주는 업체에서 세 사람의 인적 사항을 보내왔다. 각각 세 사람이 직접 쓴 자필 신청 편지도 동봉하여 보내왔다.

한 사람은 대구에 사는 은행원이었다. 그리고 한 사람은 청주에 있는 모 대기업체에서 여공으로 일하고 있었다. 마지막 한 사람은 인천시 부평4공단에 있는 공장에서 여공으로 일하고 있었다.

훈이는 세 명의 상대 모두에게 편지를 보냈다.

대구의 은행원은 훈이 직업이 주야간을 하는 공돌이라는 것을 알고 답신이 없었다. 훈이는 상대방들에게 자신이 하는 일을 아주 세밀하게 구체적으로 밝혀 주었다.

청주의 여공은 생각하고 있는 것이 훈이와 너무 멀어 훈이가 편지를 주고받는 것을 그만두었다.

부평4공단의 여공만 남았다. 그가 바로 후일 결혼한 지영이다.

지영은 공교롭게도 훈이와 고향이 같았다. 고향은 같지만 거리는 약 30여 리 떨어진 곳이었다. 고향이 같은 행정 구역이라서 그런지 어딘지 모르게 편안했다.

둘이는 1년 동안 편지를 주고받았다.

1년 동안 오고 간 편지는 약 1백여 통에 달했다. 그 편지 속에 웬만한 서로의 비밀까지도 다 털어놓았다.

둘이는 펜팔을 시작한 지 1년 만에 만났다.

처음 만났으나 이미 편지로 서로에 대해 많은 것을 알고 있었기에 아주 오래전부터 만나온 사이처럼 자연스럽게 상대를 대할 수 있었다.

지영은 성실했다.

훈이처럼 가정 형편이 좋지 않아 비록 공순이 생활을 하고 있었으나 생각하는 것이 건강했다.

둘이는 서로 가난하였기에 자주 만날 수가 없었다.

만나고 싶어도 아껴서 만나야 했다. 대신 열심히 편지를 보내고 받았다. 서로 보고 싶어 어쩌다 만나면 돈이 안 드는 거리를 하루종일 배회하곤 했다. 그렇지 않은 날엔 공원에서 시간을 보냈다.
호주머니 사정을 감안하여 돈 안 드는 데이트를 했다.
둘이 돈을 들여 데이트를 한 적이 몇 번 있다.
경인 전철역 중의 하나인 송내역 근처는 복숭아밭과 포도밭으로 유명했다. 소문을 듣고 서울에서도 많은 이들이 찾아왔다.
둘이는 큰맘 먹고 그곳을 찾아갔다.
"덤으로 이렇게나 많이 주세요? 참으로 후하십니다."
"두 분이 좋아 보여서요. 상품 가치가 좀 떨어지긴 하지만 맛은 똑같습니다."
"감사합니다. 잘 먹겠습니다."
농장 주인이 덤으로 준 먹다 남은 포도와 복숭아를 봉지에 싸 왔다.
훈이는 지영에게 결혼하면 여공 생활을 접게 해 준다고 약속했다. 그러나 그 약속을 지키지 못했다.

훈이는 어린 시절 고향 안골마을에서 들에 난 잡풀들을 살펴본 적이 있다.
어느 것은 비바람에 쓰러지든지 아니면 사람이나 짐승의 발길에 밟혀 쓰러지면 다시 일어설 줄 모르고 그냥 쓰러진 채로 시들어 죽어가고 있었다.
반면, 어느 것은 밟히면 밟힐수록 더욱 강한 생명력으로 살아나

새싹을 내놓는 것이 있었다.

훈이는 그것을 보면서 생각했다.

'같은 잡풀이지만 살아가는 모습은 어찌 저리 다를 수 있을까!?'

우리의 삶도 두 종류가 있다.

전자처럼 고난 앞에, 실패 앞에 자포자기하는 생이 있는가 하면 후자처럼 그 와중에서 무언가 다시 시작해보려는 생이 있다.

훈이는 그 후자의 생을 살겠다고 다짐했다.

지영과 결혼한 훈이는 부평 청천동 공단마을 단칸방을 사글세로 얻어 신혼 살림을 시작했다.

그동안 어머니 대실댁과 두 동생 석이와 순이의 생활비를 대느라 모아둔 돈이 없었다.

단칸방에 신혼 살림살이를 들인 후 훈이와 아내 지영은 문간방 부엌으로 올라가는 계단에 주저앉아 땀을 식혔다. 훈이는 지영을 '삶의 동지'라고 불렀다.

해는 이미 서산에 눕고 둘이 거처를 마련한 작은 골목에 땅거미가 깔리기 시작했다.

둘이 땀을 식히고 있는데 땅거미 위로 무언가 빠알갛게 치솟는 것이 보였다. 그것은 훈이의 문간방과 마주한 골목 아주 낮은 대문 위로 솟아오르고 있었다. 마치 깔려오는 어둠을 모두 밝혀 줄듯이.

교회의 십자가였다.

그 십자가는 작고 초라한 모습의 교회만큼이나 낮고 초라한 모습으로 골목에 빠알간 불을 밝히고 있었다.

그 십자가는 이제까지 보아왔던 그 어느 십자가보다 훈이에게 위안의 모습으로 다가오고 있었다.

항상 높다란 교회 건물, 십자가 탑 위의 십자가만 보아왔는데 그 십자가는 아주 낮은 곳에서 낮은 곳을 밝히고 있었다. 결코 높은 곳을 밝히고 있지 않았다.

그런데 그 낮게 서 있는 십자가가 왜 그리 훈이의 가슴에 높이 닿아오는지 훈이는 그냥 감격하고 말았다. 한마디로 평화로움 그 자체였다.

"혹시 전에 교회 다닌 적 있어?"

훈이가 '삶의 동지' 지영에게 물었다.

"응. 아주 오래전에 잠깐…!"

"아! 그래? 그럼 우리 내일부터 저 교회에 나가지."

훈이와 '삶의 동지'는 이 계기로 인해 교회에 나가 하나님을 믿게 되었다.

훈이는 교회에 나간 지 얼마 지나지 않아 감사한 마음으로 성경책을 단숨에 읽었다. 이어 성경 말씀들을 마음에 새기고자 밑줄을 쳐가며 다시 한 번 읽어보았다.

이렇게 두 번을 읽고 난 훈이는 두 가지 사실을 발견할 수 있었다.

하나님께서 아무것도 없는 상태에서 이 세상 모든 것을 창조해

낸 그 창조 사상과, 또 하나 자신의 모든 것을 내놓는, 인간에 대한 끝없는 사랑의 사상이었다.

시인이 되다

훈이가 퇴근하고 돌아오는 길에 네 살 된 둘째 아들이 같은 또래 아이의 온갖 시중을 다 들어주는 것을 목격했다.

골목길에서 또래 아이가 신발을 벗겨 달라 하면 벗겨 주고 깔판을 깔아 달라 하면 깔아 주는 것이었다. 그렇게 온갖 시중을 들어 준 대가로 새우깡을 하나씩 얻어먹고 있었다.

훈이는 결혼 후 온몸에 진물이 흐르는 피부병이 재발해 한동안 일을 하지 못했다.

치료에 들어간 지 6개월이 지나자 퇴사 조치와 의료보험 적용이 제외되었다.

약값이라도 벌기 위해 불편한 몸을 이끌고 책 세일 방문 판매 일을 했지만, 가세는 형편없이 기울었다.

몸은 형용할 수 없을 정도로 야위어 갔고 모아 두었던 몇 푼의 돈들도 모두 없어졌다. 정신은 나날이 피폐해져 가고 신경은 점점 날카로워져 갔다.

병원비를 대느라 방세 보증금을 줄여 반지하 월세방으로 이사했다.

"아빠! 이상한 냄새가 나요."

큰아이가 반지하방 특유의 눅눅한 냄새에 코를 막으며 말했다.

반지하 방은 여름이면 곰팡이가 생기고 겨울이면 성에가 끼었다.

훈이는 선배의 배려로 다시 공장 일을 나갔다.

성치 않은 몸으로 노동하기에 온전히 월급을 받고 일하는 것이 아니어서 훈이 집 형편은 말이 아니었다. 월급을 받으면 거의 다 훈이의 병원비와 치료비로 나가고 월세로 나갔다.

그러다 보니 어느 때는 쌀이 없어 봉지쌀을 사다가 끼니를 때우기도 했다. 형편이 이렇다 보니 아이들에게 과자 값을 줘여 주기가 어려웠다.

아내 삶의 동지가 일을 나가면서 어쩌다 쥐여 주는 동전으로 군것질을 대신해야 하니 그렇지 못한 날은 제 또래 시중을 들어주고 서라도 얻어먹는 것이다.

어쩌면 비굴한 행동으로 비쳐질 수도 있지만 훈이는 긍정적으로 생각하기로 했다.

비굴해 본 자만이 비굴한 것이 무엇이고 굴욕감을 느껴 본 자만이 굴욕감을 제대로 파악하고 헤아리는 것이다.

그러나, 당해보지 않고 그것들을 헤아릴 수 있는 상황이면 더 좋겠다는 생각으로 마음이 편하지 않았다.

훈이는 그 무엇보다 가난이 대물림된다는 것이 아팠다.

'그것만은 무슨 짓을 해서든 최선을 다해 막아야 해!'

아버지 정 씨에게서 자신으로 대물림된 가난이 자식들에게까지 가지 않도록 해야겠다고 다짐했다.

이 무렵 훈이는 성경 말씀을 통해 깨달은 대로 무언가 다시 시작하기로 했다.

하나님처럼 없는 것을 만들어 낼 수는 없지만 창조하듯 무언가를 해 보고 싶다는 강한 욕구가 일어났다.

그것은 독학으로 고등학교 과정을 공부하는 것이었다.

대입 검정고시 공부!

학원에 나갈 형편이 못 되니 독학 강의록으로 해 보기로 작정했다.

주간 잡지에 나오는 독학 강의록 사무실에 연락하여 교재 대금을 지불하고 독학 교재를 우편으로 받았다.

교재를 받은 훈이는 우선 자신이 공부하기 편한 대로 교재들을 뜯어내 다시 묶었다. 공장에서 작업 시간이든 화장실에 있는 시간이든 메모하고 메모한 것을 읽고 다시 쓰고, 그렇게 한마디로 미친 놈이 되어 독학했다.

아내 삶의 동지는 건강하지 못한 몸으로 잠을 설쳐가며 공부에 빠진 훈이를 걱정했다.

훈이는 단칸방에 엎드려서, 어린 아이들이 등에 올라타고 떠들어

대도 개의치 않고 읽고 쓰고 외우고 풀었다.

몸이 극도로 고달파서 엉덩이에 종기가 대여섯 개나 생겼다.

"합격을 축하합니다. 대단하십니다."

교회 전도사가 검정고시 합격을 축하한다며 내쳐 신학 공부를 해 보라고 권유했다.

훈이는 초 신자이었지만 하나님께서 놀라운 것을 종종 보여 주었다. 기독교인이 아니면 이해하기 어려운 것이다.

"아니 뭐 하는 거예요? 왜 눈 뜨자마자 성경책에 빨간 줄을 그어 대는 거야?"

아내 삶의 동지가 이해가 안 된다는 듯 훈이에게 물었다.

"꿈속에서 본 성경 구절을 표기해 놓는 거야."

"……?"

주일 날 새벽 훈이는 꿈속에서 성경 구절을 보게 된다. 그런데 그 꿈속에서 본 성경 구절을 담임 목사가 주일 예배에서 설교 본문으로 인용하는 것이었다. 하나님이 미리 꿈속에서 주일 본문 구절을 보여 주는 것이었다.

훈이는 이외에도 사람들이 이해 못 할 여러 가지 기이한 일을 자주 체험하곤 했다.

성경 말씀을 빌리자면 인간 누구에게나 하나님께서 각자 준 달란트가 있다. 또한 그릇이 있다. 목사의 달란트 목사의 그릇이 있다면 장로의 달란트 장로의 그릇이 있는 것이다.

훈이 자신이 과연 신학 공부를 할 만한 달란트가 또는 그릇이 되는지는 알 수 없었다. 그렇지만 신학 공부를 하기로 하고 인천에 있는 주간반과 야간반 학제로 운영하는 조그마한 신학교에 들어갔다.

한 학기를 마치고 두 번째 학기가 시작된 어느 날이었다.

학교 수업을 마치고 몇몇 학우들과 함께 학교 근처에 있는 단골 찻집에서 차를 마시던 중이었다. 칸막이 뒤로 아주 귀에 익은 목소리가 들려왔다. 다른 학우들은 잘 알아듣지 못했는데 유독 훈이 귀에는 또렷하게 들려 왔던 것이다.

그 귀에 익은 목소리의 주인공은 훈이가 다니는 신학교의 학장이었다. 학장은 상대방에게 돈을 요구하고 있었다. 그 대가로 소정의 학기를 마친 것으로 해 주겠다고 제안하고 있었다. 아주 작은 목소리로 말하고 있었으나 훈이 귀에는 또렷이 들려왔다.

'성직을 돈으로 운운하다니…!'

훈이는 충격을 받았다.

자리에서 일어나 그 길로 학교로 달려갔다.

학적을 담당하는 이에게 다짜고짜로 자신의 학적부 좀 보자고 하여 그 자리에서 학적부를 발기발기 찢어 버렸다.

그리고 다시는 신학을 하지 않기로 했다.

훈이는 원치 않은 이사를 자주 해야 했다.

"우리 막내아들이 결혼해요. 방을 빼 줘야겠어요."

주인이 세를 터무니없이 올려 받겠다 해서 이사했으며, 막내아들 결혼으로 방을 빼 달라 해서 이사하기도 했다.

이번에 이사 온 청천동 공단마을 단칸방은 여름엔 덥고 겨울엔 추웠다.

아래층에 방 하나 부엌 하나 다섯 가구, 위층에 방 하나 부엌 하나 다섯 가구 모두 열 가구가 세 들어 사는 2층 건물은 항상 북적이고 시끄러웠다.

겨울엔 부엌에서 방안으로 스며드는 연탄가스에 중독되는 화를 면하려고 창문을 살짝 열어 놓고 잤다. 아랫목부터 첫째 아이, 둘째 아이를, 그다음에 아내 삶의 동지, 창문과 가까운 곳에선 훈이가 잤다. 아침에 일어나 보면 머리맡에 놓아둔 물그릇이 꽁꽁 얼었다.

유일하게 수도꼭지가 있는 마당은 아침부터 식사 준비, 설거지, 빨래하는 소리, 어린아이들 울음소리 등등으로 혼란스러웠다. 마치 벌들이 분주하게 드나드는 벌집 같았다.

훈이는 그 소란스러움과 혼란스러움에서 야간 일을 하고 낮잠을 자려면 맨정신으로는 도저히 잠을 잘 수 없었다. 다시 야간 일을 나가려면 낮잠을 자야 한다.

그 낮잠을 억지로 자기 위해 아침에 퇴근하는 길에 구멍가게에 들러 소주를 유리컵에 따라 단숨에 마시고 취한 채로 잠들곤 했다.

시인이 되다 165

맨정신으로는 도저히 잠들 수 없었다.

부평4공단이 조성되면서 급조된 이러한 공장 노동자들의 삶터 공단마을 청천동은 훈이의 문학 배경이 되었다.

한 집안의 가운이 한번 기울기 시작하면 걷잡을 수 없다.

이미 기울어 버린 그 가운을 다시 일으켜 세우기란 참으로 힘든 것이다.

훈이는 공장에서 열심히 노동했지만 여전히 힘든 나날을 보냈다.

그런 와중에 집안 분위기가 달라진 것이 있었다.

훈이는 틈만 나면 시 습작을 한다고 원고지를 끼고 살았다.

"그만 자요! 내일 아침에 일 나가야 하잖아."

밤늦도록 습작하는 훈이에게 삶의 동지가 걱정되어 말했다.

훈이는 대입 검정고시 독학을 하면서 고등학교 교과서에 나오는 현대시를 다시 접하게 되었다. 그로 인해 과거의 기억들이 새록새록 되살아났다.

소년 공장 노동자 시절 청계천 고서점을 배회하다가 두 번째 접었던 문학에 대한 미련을 세 번째로 다시 끄집어내었다.

훈이는 시라는 틀 속에 자신과 같은 소규모 영세 공장 노동자들의 삶을 담고 싶었다.

공장에서 작업하는 틈틈이 시상이 떠오르면 쓰다 버린 포장지 파지 위에 담았다.

자신이 담아내고 있는 것들이 한 편 한 편의 시가 되어 제대로 담아지고 있는지 모를 일이었지만 열심히 담고 또 담았다.

습작한 원고를 몇몇 문학 잡지사에 보냈는데 의외로 실어 주었다.

이어 출간한 첫 시집이 많은 관심을 받았다.

출간한 후 훈이는 이 시집과 관련해 KBS, MBC, SBS 등 지상파 방송 3사 TV의 몇몇 교양프로에 출연했다. 신문과 여성 잡지들을 비롯해 이런저런 다수의 잡지에서도 인터뷰 기사를 게재했다.

방송을 청취한 영화사 관계자가 시집 내용을 영화로 만들겠다며 꽤 큰 금액의 계약금을 주었다.

충무로에 있는 유명한 굴지의 영화사였다.

그러나 영화 제작으로 이행되지 않아 훈이는 계약금을 돌려주려 했다.

영화사에선 계약금으로 지불한 것이니 되돌려 받지 않겠다고 했다.

훈이는 그 계약금에 보태서 건축한 지 오래된 14평짜리 낡은 아파트를 구입했다.

처음으로 훈이에게도 자신의 집이 생긴 것이다. 꿈만 같았다.

훈이는 남동생 석이와 함께 살고 있는 어머니 대실댁을 아파트로 모셔왔다.

인권 변호사 일에 파묻혀 사느라 아직 결혼을 하지 않은 남동생 석이가 자신이 모시고 살겠다며 만류했다.

"석이 너 어머니가 밥해주고 빨래해 주고 하니까 결혼 생각 없는 거 아니냐? 내가 진즉에 어머니를 모셔가야 했는데 형편 때문에 늦었다. 너 빨리 장가가게 하려면 내가 모셔가야 한다. 하하!"
훈이가 석이에게 자극을 주기 위해 일부러 농담반 진담반 말했다.
"형은 참! 그런 말이 어디 있어? 하하!"
"어찌했든 이제 서둘러라. 너 노총각이야."
"생각이 없어서 안 하는 건데…!"
"이제라도 형편이 되어 모셔갈 수 있으니 다행이다."
훈이는 결혼 후 장남인 자신이 자기 집으로 어머니 대실댁을 모시지 못한 것이 항상 마음에 걸렸다.
결혼 후 이제까지 단칸방에서 살았기에 모실 수가 없어 안타까웠다.
대실댁이 훈이 아파트로 오자 아내 삶의 동지와 두 아이가 반색하며 반겼다.
맞벌이하는 삶의 동지는 아이들을 제대로 챙겨 주지 못하는데 챙겨 줄 할머니가 있어 든든하다고 좋아했다.
두 아이도 자신들을 극진히 사랑해주는 할머니를 좋아하고 따랐다.
훈이가 아파트로 이사한 후 어느 날이었다.
"아빠, 이젠 저도 오늘부터 수준이 달라졌어요. 집 있는 아이들이 친구로 붙여 주었어요."

초등학교 3학년에 다니는 아홉 살 난 둘째 아이가 저녁 밥상머리에 앉아서 잔뜩 들뜬 목소리로 말했다.

훈이는 울컥 눈물이 나오려 했다. 막 넘어가려던 밥알이 목구멍에 탁 걸려왔다.

그동안 녀석은 얼마나 가슴 조이며 집 없는 수준을 말없이 감내해야만 했을까 생각하니 목이 메었다. 아직도 그 집 없는 수준을 말없이 아파하고만 있을 이웃들의 수많은 아이들 모습이 떠올라서 눈물이 나왔다.

이쁜이

훈이가 공장에서 야간 작업을 하고 아침에 귀가해 보니 아내 삶의 동지가 차려 놓고 간 밥상 위에 메모 쪽지가 놓여 있었다.

맞벌이하는 관계로 훈이가 야간 작업을 할 때는 일주일 동안 서로 볼 수 없었다. 훈이가 야근하고 귀가하면 삶의 동지는 출근한 상황이고 삶의 동지가 저녁에 귀가하면 훈이는 야근을 나간 상황이었다.

둘이는 보지 못하기 때문에 쪽지 형식으로 소통을 했다.

"어제 저녁 자기 출근한 후 얼마 되지 않아 전화가 왔어요. 여자인데 아무래도 자기가 말했던 그 여자인 거 같아. 이 전화번호로 전화해 봐요. MBC「세상사는 이야기」 출연한 방송보고 전화했대."

쪽지에 적힌 전화번호로 전화를 돌린 훈이는 수화기로 들려오는 상대방의 목소리에 무어라 형용할 수 없는 만감이 교차되었다.

"아니 이렇게 전화해도 괜찮은 거야?"

"그럼 괜찮으니까 했지요. 호호. 염려하지 마. 어젯밤 방송 보고 울 남편이 당장 연락해보라 해서 한 거예요."
"아. 그래? 그럼 안심이네. 그동안 잘 지냈어?
"오빠는 옛날이나 지금이나 하나도 안 변했네. 항상 내 걱정해주는 거 호호. 잘 지내니까 이리 연락했지."
"어? 그런가. 하하."
목소리의 주인공은 훈이가 소년 공장 노동자 때 부평공단에서 처음 만났던 소녀 이쁜이였다. 그녀의 남편이 이 상황을 알면 불쾌하게 여길 수도 있다 싶었다. 그래서 안부를 묻기보다 먼저 전화해도 괜찮은 거냐고 물었다.
훈이는 첫 시집을 출간하고 지상파 TV방송 교양프로에 출연해 그동안 살아온 이야기를 했다.
그녀가 시청률이 아주 높은 인기 프로였던 그 방송을 보고 연락을 해온 것이다.
"아! 정말 죄송합니다. 눈물이 나와 낭송하기 어렵네요."
훈이가 출연한 TV교양프로 베테랑 아나운서 사회자가 훈이의 시를 낭송하다 눈물을 흘렸다.
방청객들과 시청자들도 함께 눈물지어 화제가 된 방송이었다.
"방송국에 문의해 연락처를 알아냈어요. 남편과 같이 방송 보면서 방청객들이 눈물 흘린 것처럼 우리 둘이도 오빠의 이야기에 함께 울었어요. 남편에게 오빠 이야기를 했었는데 방송에 나오는 저 사람이 당사자라고 말했더니 정말 감동적인 사람이라며 이렇게 연락을 하라 하네. 울 남편도 오빠처럼 아주 착해요. 호호."

이쁜이는 그래도 훈이가 염려하고 있다 싶었는지 남편이 옆에 있다면서 못 믿으면 바꿔주겠다고 했다.

"부탁이에요. 우리 한번 만날 수 있을까?"

십수 년 만에 통화를 하게 된 그녀는 불쑥 훈이에게 부탁을 했다.

부탁한다는 말을 앞세운 것은 훈이가 거절하지 못하게 하는 그런 뜻인 거 같았다. 만날 수 있느냐고 표현했지만, 반드시 만나고 싶다는 소망이 깃들어 있었다.

"지금 우리 남편이 옆에서 허락했어요. 오빠 만나도 된다고. 염려되면 아까도 말했지만 남편 바꿔 줄게요."

"……?!"

며칠 후 훈이는 참으로 오랜만에 이쁜이가 제시한 서울 사근동 한양대학교 앞에서 만났다. 십수 년이란 세월이 흘렀지만 엊그제 같은 감회였다. 그녀는 몸이 마른 것과 하얀 얼굴이 유난히 더 창백해져 보이는 거 외엔 잘 웃는 등 모든 것이 변함없었다.

마침 점심때라 둘이는 식당을 찾았다.

"우리 중국집으로 가요. 짜장면 먹고 싶어요."

한식 식당으로 가자는 훈이에게 그녀가 말했다.

"오랜만이고 전에 짜장면만 사 준 게 마음에 걸려 고기를 사 주고 싶어서 그래."

"나는 오빠가 사 주었던 짜장면이 제일 맛있었어요. 오늘 아주 오랜만에 그 짜장면 맛을 보고 싶어."

이쁜이의 강력한 주장에 이끌려 인근 짜장면집으로 갔다. 대학생들을 대상으로 장사하는 곳이라서 그런지 짜장면값이 다른 곳에 비해 싸고 양이 많았다.

"아, 역시 오빠가 사 주는 짜장면은 옛날이나 지금이나 최고로 맛있어. 모처럼 맛있게 먹었네. 호호."

그녀의 말에 훈이의 마음이 이루 형용할 수 없이 애틋해졌다. 그 애틋함은 식사 이후 가진 대화에서 절정을 이루었다.

"나 우리 남편 없었으면 벌써 이 세상 사람이 아니었을 거야. 우리 남편 참으로 착해. 나 엄청 사랑해주고 정말 좋은 사람이야. 남편이 너무 감사해."

그녀는 백혈병을 앓고 있었다.

그녀의 얼굴이 창백해 보이는 이유였다.

그녀의 말에 의하면 그녀는 벌써 죽은 목숨이었다. 기업을 운영하며 돈을 잘 버는 남편의 헌신적 사랑으로 살아 있다는 것이었다. 한양대학교 앞에서 만나자고 한 것은 그날 오후 한양대 병원에 예약된 정기 진료를 받을 겸 해서였다고 말했다.

"남편 차로 함께 왔어. 따로 점심을 먹고 진료 시간에 진료실 앞에서 다시 만나기로 했어. 그런데 오빠에게 묻고 싶은 게 있어요. 솔직히 말해줘. 거짓말로 내 청혼을 거절한 이유. 나를 좋아하고 사랑하면서도 거짓말로 거절한 거 알아요."
"왠지 그래야 한다는 의무감 때문이었어. 나의 행복보다는 이쁜이의 행복을 따져보니 그렇게 하는 것이 맞다고 생각했어. 거짓말한 건 미안해. 그런데 그때 그리한 것은 참으로 잘했다는 생각이 드네. 이쁜이가 가난한 나랑 결혼했으면 치료비를 충당할 수 없어 제대로 치료도 받지 못하고 일찍 세상을 등졌을 거잖아. 그러면 내가 얼마나 슬펐을까."
"그렇긴 하네. 호호. 아, 오빠 보니까 몸이 날아갈 거 같아. 오래오래 살 거 같고."
이후, 이 년 여 정도 지났을 때였다.
그녀로부터 한 번 더 만나줄 수 없느냐는 연락이 왔다. 그동안 둘이는 가끔 통화로 안부를 묻곤 했다.
"오빠 만나고 난 후 내 몸 상태가 엄청 좋아졌어. 기분도 좋아졌고. 이제 말하는데 통화하고 난 그날은 하루종일 좋아."
거절할 수 없는 말이었다.
훈이가 차를 몰고 약속한 구로역으로 가니 이쁜이가 먼저 와 기다리고 있었다. 구로역까지 남편이 차로 데려다주고 회사로 갔다고 말했다.
"고마워요! 그리고 염치없이 이래서 미안해."
전화로 그녀와 약속한 대로 그녀를 그녀의 시댁이 있는 포천까지 데려다주기로 했다.

그녀는 시댁에서 며칠 있을 거라 했다.

포천까지 가는 동안 그녀는 둘이 처음 만난 순간부터 이후 헤어지던 순간까지 모두 떠올리며 이야기했다.

훈이가 한 폭 한 폭의 영상처럼 나열하는 그녀와 자신의 이야기들에 귀를 기울이며 맞장구를 치다 보니 어느새 포천에 도착했다.

훈이는 이쁜이를 데려다주고 돌아오면서 앞으로 그녀를 만나지 않겠다고 다짐했다. 그리고 연락도 하지 않겠다고 다짐했다. 그것이 둘 사이에 맞는 정답일 거 같았다.

훈이의 마음이 흔들렸기 때문이다.

이쁜이에 대한 안타깝고 안쓰러움이 넘어서는 안 될 그 선을 넘고 싶은 마음이 들었다.

'이쁜이는 이미 이 세상 사람이 아닐 수도 있겠다'

그 후 어언 30년의 세월이 흘렀지만 훈이는 간혹 이쁜이를 생각했다.

프로 정신을 지닌 전문가

훈이는 주변에서 인정하는 최고의 에나멜동선 제조 전문 숙련공이 되었다.

어떠한 상황이든 자신에게 주어진 상황에서 최선을 다해 보려고 노력해 왔다. 그 결과가 비록 실패로 끝나는 한이 있더라도 그래야 한다고 생각했다.

이를테면 프로 정신을 지닌 전문가가 되고 싶었다.

에나멜동선을 만드는 일을 하면서 이 분야의 최고의 숙련공이 되고 싶었고 그것을 목표로 열심히 노력했다.

진정한 숙련공은 우선 그 분야에서 어떠한 형식의 기계를 만나더라도 무난히 다룰 줄 알아야 한다. 또한 상황 변화에 감각적으로 대처할 줄 알아야 한다. 따라서 사태 해결의 능력이 탁월하여야 한다.

어느 봄날 아침.

훈이가 야간 일을 마치고 퇴근하려는데 처음 보는 낯선 사내가 찾아왔다. 말쑥한 차림새로 보아 노동자는 아닌 것 같았다.
그는 훈이 후배의 소개로 찾아 왔다고 밝혔다.
"잠깐 말씀을 나눌 수 있을까요?"
"……!?"
훈이는 그와 함께 공장 근처의 국밥집으로 자리를 옮겼다.
내미는 명함을 보니 얼마 전 에나멜동선 제조업계에서 사업을 시작한 사장이었다.
그런데 그 공장의 기계를 돌리지 못하고 있다는 거였다.
여러 사람을 숙련된 기술자라 하여 채용해 보았는데 기계를 제대로 가동시키지 못하고 있다는 것이었다.
"정 형을 찾아가 보라고 하더군요. 그 기계를 제대로 길들일 수 있는 사람은 국내에 몇 안 되는데 그중에서 정 형이 적임자라고요. 우리 함께 일합시다. 지금 받고 있는 보수보다 더 생각해 드리지요."
그는 훈이를 스카웃하러 왔다는 것이었다.
그동안 수없이 겪어온 일이다.
다짜고짜로 찾아와서 도와달라는 식으로 함께 일하자 해놓고 정작 기계가 안정되고 현장이 안정되면 언제 그런 아쉬운 부탁을 했었냐는 식으로 태도가 돌변하는 사람들!
훈이는 몇 차례 이런 경우를 경험했다.
부탁을 받고 가서 몇 개월 열심히 헌신하여 작업 현장을 안정시켜 놓고 나면 태도가 변했다.

훈이의 노하우를 모두 알아버린 그들은 이제 훈이가 없어도 기계를 가동시키는데 문제가 없게 되었다. 그 상황에서 다른 직공들에 비해 인건비가 비싼 훈이를 계속 채용할 필요가 없었다.

이런 경우도 있었다.

훈이의 노하우를 완전히 다 파악하지 못한 상황에서 훈이를 해고했던 사업장의 사장이 훈이를 다시 찾아와 도움을 청한 경우도 있었다.

훈이를 이런 식으로 찾아온 사업주들 대다수가 그랬다. 화장실 들어갈 때와 나올 때 마음이 달라지는 것처럼 그 첫 마음이 달라지는 것이었다.

훈이는 한 푼이라도 인건비를 아껴야 하는 영세 사업자의 고충을 이해하지 못하는 건 아니지만 사람 사는 게 이런 것이 아닌데 싶었다.

"돈을 몇 푼 더 주겠다는 생각보다 오늘 이 이른 아침 찾아온 그 마음이 변하지 않는 것이 제겐 필요합니다."

"그야 당연한 말씀이지요."

훈이는 이런 사람들의 부탁을 한 번도 거절하지 않았다.

훈이를 필요로 하는 곳이면 그곳에 자신이 있어야 한다고 생각했다. 반대로 자신을 필요로 하지 않는 곳에 억지로 있어선 안 된다고 생각했다.

'나를 필요로 하는 곳에서 내 몫을 다하기도 어려운데 필요로 하지 않는 곳에 무엇 하러 몸을 담고 있단 말인가.'

사람 살아가는 곳에서 나를 필요로 하는 곳이 있다는 건 참으로 다행스럽고 행복한 일인 것이다.

훈이는 진정한 전문가는 그 결과에 연연하지 않는다고 생각했다.

겸손한 마음으로 언제나 최선을 다하는 것이 진정한 전문가라고 생각했다.

출입 통제!

폭설로 거리가 잔뜩 빙판 진 겨울 어느 날이었다.

"상부 지시네. 자네의 출입을 막으라는군."

훈이가 출근을 하러 공장 정문을 들어서려는데 경비원들이 앞을 가로막았다.

변압기와 모터 등을 생산하는 비교적 규모가 큰 공장이었다.

훈이는 이 공장 안에 있는 에나멜동선 제조 기계를 돌려주는 하청업체에 노동자로 고용되어 일했다.

에나멜동선 제조 분야는 신체에 해로운 업종이라 노동자들이 기피했다. 그래서 하청을 준 것이고 그 하청 공장에서 훈이가 일했다.

훈이가 며칠 전 모 중앙 일간지 언론 매체와 가진 인터뷰가 화근이었다.

두 번째 시집을 출간하고 그와 관련한 인터뷰를 했다.

시집에 실린 시편들이 소규모 공장에서 일하고 있는 소외되고 가난한 노동자와 민중에 대한 내용을 담고 있었고 따라서 인터뷰 기사는 그 방향으로 게재되었다.

그 기사를 본 공장의 책임자들이 신경을 곤두세운 것이다.

전국 노동 현장의 노사는 서로 첨예하게 대립하고 있었다.

그런 와중에도 이 공장만은 이상할 정도로 그런 분위기와는 달리 조용했다.

노조는 있었으나 어용노조가 자리 잡고 있었다.

이러한 분위기에서 노동자들을 자극할 수 있는 내용의 시집을 펴낸 주인공이 경내에서 하청 업체의 노동자로 일하고 있다는 사실에 경영진은 경악했다.

훈이는 하청 업체의 노동자이었기에 그 공장의 노조원이 될 수도 없었고 노조에 어떠한 영향력을 행사할 수 있는 입장이 아니었다.

그러나 그들은 훈이가 조용한 연못에 돌을 던지는 자가 될 수 있다고 생각했다.

훈이는 난감했다.

자신으로 인해 어렵게 하청을 따내 어려운 사업을 하고 있는, 훈이가 속한 가난한 사업장의 사장에게 피해가 가면 어쩌나 걱정이 되었다.

하청이 철회될 수 있는 사안이다. 그에게만은 피해가 가지 않도록 해야 할 터였다.

훈이는 생각 끝에 평소 알고 지내던 신문사 기자들에게 연락했다. 원만한 사태 해결이 되도록 도움을 청했다.

그들이 인천지방노동청 관계자들에게 원만한 해결을 촉구했고 노동청 관계자의 주선으로 원만한 해결을 볼 수 있었다.

그러나 그 이후로 훈이는 그 공장의 관리자들로부터 자유로울 수 없었다.

이 무렵, 훈이는 체력이 쇠약해져 더 이상 열악한 공장 노동 현장에서 버틸 수 없는 지경이 되었다.

고단하고 열악한 노동으로 인해 훈이의 몸은 피골이 상접할 정도로 야위어 갔다. 점차 근력도 잃어갔다. 더 이상 40도를 오르내리는 현장에서 화공 약품 신나 타는 냄새를 맡아가며 노동을 한다는 것은 무리였다.

훈이가 다니고 있는 교회에서 한때 교육 전도사로 사역했던 이 목사가 훈이를 찾아왔다. 이 목사는 기독교 관련 주간 신문을 발행하고 있었다. 발행한 지 1년 정도 된 신생 신문이었다.

훈이에게 그 신문사의 기자로 일해 달라 했다.

창간 당시에도 편집국장으로 참여해 달라 했지만 훈이가 거절했다.

"그건 신문사와 제게 합당한 말씀이 아닙니다."

신문사의 경험이 전혀 없는 자신에게 신문사에서 중추적 역할을 해야 하는 편집국장의 직함은 부당하였기 때문이다. 신문사는 물론 구성원 모두에게 누를 끼치는 것이라 생각되었다.

그러나 이 목사는 훈이가 이미 시인으로 활동하고 있는 점을 들어 그만한 자질이 된다며 창간 멤버로 참여해 달라 했다.

훈이는 그가 자신을 배려해주는 것에 대한 고마움으로 1년 동안 기사 작성법을 비롯한 기자 수업을 독학한 다음 일선 평기자로 참여하겠다고 약속했다.

이 목사는 1년 전 다짐했던 그 약속을 지키라는 거였다. 나이가 많으니 최소한 부장 직함은 가져야 한다고 했지만 훈이가 반대했다.

훈이는 말단 기자로 시작하길 원했다. 그러나 이 목사의 강력한 주장에 밀려 취재부 차장으로 신문사 일을 시작했다.

훈이는 지난 1년 동안 신문사 일과 관련된 전문 서적을 구입해 독학으로 공부했다. 기사 작성법을 비롯해 취재 요령 등을 나름대로 공부했다.

공장에서 꼭 필요한 사람으로 일을 해왔듯이 신문사에서도 꼭 필요한 사람이 되고 싶었다. 필요하지 않은 사람, 있으나 마나 한 사람이 아니라 없어서는 안 되는 사람이 되어야 한다고 생각했다.

이는 타인에 대한, 조직에 대한 배려에서라기보다 훈이 자신을 위해서다.

훈이는 이십여 년 동안 몸담아 왔던 공장 노동 현장을 떠나 사십을 바라보는 나이에 주간지 신문사의 기자가 되었다.

나이만 들었지 실전에 있어선 초년병이었다.

따라서 모든 걸 배운다는 마음으로 기자 생활을 시작했다. 그러한 마음가짐으로 신문사 안에서나 밖에서나 생각하고 행동했다.

훈이는 취재 현장에서 다른 신문사의 기자들을 자주 만났다.

자신보다 무려 열 살 이상 아래의 기자들이 대부분이었다. 그러나 그들은 훈이보다 먼저 기자 생활을 시작한 선배들이다. 훈이는 그들을 선배로 깍듯이 대했다.

취재 현장에서 만나면 공손히 허리 굽혀 인사했다. 대부분이 훈이가 인사를 해도 무시를 했다. 선배 대접을 받겠다는 일종의 행위였다.

그러나 그들은 선배 대접을 받을 줄만 알았지 선배 노릇을 할 줄은 모르고 있었다.

훈이는 개의치 않고 변함없이 그들을 대했다.

그리고 열심히 뛰었다. 그들보다 늦게 시작했지만 진정한 기자의 세계가 무엇인지 그들보다 먼저 터득하고 실천하고 싶었다.

신문사 생활은 생각했던 것과 달리 실망이 컸다.

공장 노동자로 있을 땐 기자들을 사회의 파수꾼으로 여겼었다.

잘못된 것이 있으면 지적해주고 잘된 곳이 있으면 널리 알리어 귀감이 되게 하고 계도와 선도를 해 주고 공정한 원칙과 양심이 살아나게 해야 한다고 생각했다. 그러나 훈이가 직접 몸담아 보니 그것은 하나의 이상이었다. 현실은 생각했던 것과 엄청난 차이가 있었다.

신문사 경영에 이로운 쪽으로 행동할 수밖에 없는 구조였다. 기자가 된 후 줄곧 그러한 문제로 고민하게 되었다.

신문이 신문의 역할을 못하고 기자가 기자의 역할을 제대로 못한다면, 부끄러운 일이다. 고민 끝에 「길」이라는 시 한 편을 쓰고 사표를 썼다.

훈이는 공장 노동자 생활을 그만둔 것과 신문사에 들어간 지 1년여 만에 그만두는 과정을 거치면서 자신의 삶에 있어 완전한 실패감과 완전한 패배감에 젖어 있었다.

그러한 마음에 젖어 모처럼 단골집에서 혼자 술을 마시고 있는데 어떻게 알았는지 출판사를 경영하는 정성수가 찾아왔다. 그는 시집을 내는 과정에서 알게 된 사람이다. 이후 호형호제하는 사이가 되었다.

정성수는 다니던 출판사를 그만두고 자신이 직접 출판사를 차려 운영하고 있었다. 그는 훈이를 만나자마자 대뜸 자기 출판사에서 함께 일하자고 했다.

"유능하고 젊은 전문가들이 많은데 아무런 자격도 갖추지 못한 내가 필요하겠어?"

그래도 정성수는 훈이가 필요하다고 했다. 평소 훈이를 형처럼 생각해 주었던 그였다. 훈이는 자신을 구제 차원에서 제의하는 것 같아 거절했다. 그러나 정성수는 쉽게 물러서지 않았다.

훈이는 영업을 담당하기로 했다.

온몸의 피부가 짓물러 공장에서 노동을 할 수 없었을 때 책 세일 방문 판매를 했던 경험이 있어 영업을 맡기로 했다. 영업 성격상 출판사의 영업과 책 세일 방문 판매는 차이가 있지만, 편집 기획 쪽보다 그 방향에 기여도가 클 것으로 생각했다.

훈이는 서울을 비롯한 수도권 대형 서점들을 돌면서 서점의 담당자들을 만나 자신이 속한 출판사에서 발간한 책들을 위치가 좋은 곳에 진열해 주길 부탁했다. 또한 지방 도매점을 상대로 하는 영업과 수금하는 일까지 담당했다.

신생 출판사인데다 자본이 열악하다 보니 그야말로 돈 벌어줄 만한 원고를 찾기 힘들었다.

장사가 잘되는 이름이 나 있는 작가들 원고는 경쟁력 있는 출판사들의 몫이기에 그들의 원고를 확보한다는 것은 하늘의 별 따기이었다.

정성수는 한때 작가의 꿈을 가지고 있었던 터라 올바른 책을 내겠다는 정신이 대단했다. 따라서 책 한 권을 내더라도 속 알맹이 없는 그러한 책은 절대 출간하지 않았다.

아무리 장사가 잘되어 돈이 될 것 같은 원고라 해도 내용이 조악한 것은 거절했다. 그러다 보니 출판사 사정이 점점 어려워졌다.

훈이는 서점들을 돌면서 담당자들에게 좋은 이미지를 심어 주려고 노력했다. 신간 서적이 위치가 좋은 곳에 진열되고 안 되고의 문제는 그들의 손에 달려 있다. 그들의 마음을 움직여야 좋은 위치에 신간 책이 진열될 수 있다.

그러나 출판사가 하나둘이 아니고 책들 또한 하루에도 수없이 쏟아져 나오니 좋은 위치에 오랫동안 진열된다는 것은 불가능한 것이다.

사정이 이렇다 보니 일부 몰지각한 출판사는 간혹 적절하지 못한 방법으로 '베스트셀러 만들기 작전'까지 세우기도 하는 것이다.

훈이는 출판사에서 최선의 노력을 다 해 보았지만 출판사의 살림은 나날이 곤궁해져 갔다. 급기야는 사무실 세를 내지 못하는 지경에 이르렀다. 감원해야 했다.

이러한 상황에서 훈이는 자신의 자리를 지키고 있다는 것은 자신을 배려해 준 정성수에 대한 올바른 태도가 아니라고 생각했다.

훈이는 출판사를 그만두던 날 정성수와 함께 일할 수 없는 상황을 참으로 안타깝게 생각하며 술잔을 기울였다.

훈이가 출판사를 그만두고 무엇을 할 것인가 고민하던 중이었다. 앞서 근무했던 기독교계 주간지 신문사에서 다시 일해 줄 것을 요청해왔다. 그 신문사는 이상과 현실을 놓고 고민하다 이상을 좇아 훈이 스스로 그만둔 곳이다.

가난하고 소외되고 힘없는 자들을 위해 존재해야 할 신문사가, 그리고 일해야 할 훈이의 발길이 그런 이들을 외면하고 자꾸 부유하고 힘 있는 자들을 위해 존재한다는 사실이 싫어서 그만두었던 곳이다.
이를테면 현실을 외면하고 이상에 젖어서 말이다.
훈이는 참으로 어려운 고민에 빠졌다.
다시 신문사에 들어가서 일을 해야 할 것인가, 아니면 다른 그 무엇을 해야 할 것인가, 이제까지 살아오면서 앞으로 무엇을 하며 살아가야 할 것인가를 놓고 이렇게 깊이 고민해보기는 처음이었다.
그 고민에 지쳐 며칠간 술을 퍼마셨다. 그러나 해답을 쉽게 얻을 수 없었다. 오히려 몸과 마음이 혼탁해지고 어지러워 왔다.
이런 와중에 가세는 점점 더 어려워져 말이 아니었다.
아내 삶의 동지가 공장에서 몇 푼 벌어왔으나 커 가는 두 아이 학비며 생활비를 대기엔 어림없었다. 하나님께 기도드리고 응답을 구했다. 구체적인 응답은 없었으나 고민에서 헤어나 하루빨리 결정을 내리라고 말씀하는 것 같았다.
훈이는 이상과 현실 사이에서의 방황을 끝내기로 마음먹었다.
체력이 쇠약해질 대로 쇠약해져 버티지 못하고 공장을 나온 몸이 다시 공장에 들어간다는 것은 불가능한 일이었다.
훈이가 다시 들어가고 싶어도 몸이 허약해졌다 하여 받아주지 않는 상황이었다. 그러나 신문사에선 이미 능력을 인정받은 터였다.

그리하여 다시 와서 일해 달라는 것이 아닌가.

훈이 자신이 그 어떠한 큰 이상을 품고 그것을 설파하려는 이상주의자도 아니고 그렇다고 그 이상을 갖고 부조리함을 정화시키는 운동가가 아닌 바에야 그저 그렇게 시류에 영합하여 살아가는 것도 크게 잘못 된 것은 아닐 듯싶었다.

처자식을 위해 일한다는 것, 아니 좀 더 솔직히 말해 자신을 위해, 그 누군가를 위한 것이 아니라 자기 자신을 위해 산다는 것도 큰 잘못이 아니다 싶었다. 이것은 분명 못된 자기 합리화이며 궤변에 지나지 않지만 어쩔 수 없었다.

훈이는 그렇게 다시 신문사에서 일했다.

다시 신문사에 들어올 때 마음먹은 것처럼 철저히 자신을 위해 살아왔다. 신문사가 원하는 것이 무엇인지 충성스런 한 마리의 개가 되어 짖어야 할 때 짖고 꼬리 쳐야 할 때 꼬리 쳤다.

그 덕분에 불쌍할 정도로 가난하게 키워온 두 아이를 대학교에 진학시킬 수 있었다.

물질적 삶의 질은 공장 노동자로 있을 때보다 훨씬 안정되었다.

그러나 정신적 삶의 질은 자꾸 타락되어 왔고 피폐해져 왔다. 신문사 생활은 훈이에게 있어 그야말로 혼돈의 시기였다.

그렇지만, 훈이는 정말 그 와중에서 할 수만 있다면 선한 것을 캐어내고 싶었다.

진폐증

훈이의 몸은 아주 쇠약해져 갔다.
급기야 몸무게가 45킬로그램으로 빠졌다.
"애석하게도 진폐증입니다."
진료를 마친 의사가 무겁게 입을 열었다.
"아! 진폐증이라고요?"
훈이는 온몸의 맥이 탁 풀렸다.
20대 공장 노동자 때 몸에 처음 나타나기 시작한 온몸의 피부가 짓무르는 등 여러 형태의 이상 증상들이 진폐증의 전조 증상이었다.
그 사실을 30년 가까이 되어 판명을 받고서야 뒤늦게 알았다.
17살부터 일해 온 에나멜동선 제조 공장에서 흡입해 온 석면 가루가 그 원인이었다.
훈이는 비로소 극심한 피부병과 기침 등 그동안 몸에 나타났던 이상 증상들의 원인이 약 부작용두 피부병두 아니었음을 알게 되었다.

공장에서 함께 일했던 어린 나이의 동료들이 갑자기 원인도 모르게 몸이 아파 고향으로 낙향한 후 얼마 안 되어 사망했다는 소식을 듣곤 했는데 그 원인을 미루어 짐작할 수 있게 되었다.

"진폐증의 발병 기간은 여러 가지 유형이 있습니다."

의사의 말에 의하면 진폐증은 유발 물질을 흡입한 후 짧은 기간 안에 바로 나타나는 경우가 있는가 하면, 몇 년 후에 나타나기도 한다. 30년 또는 40년 장기간 세월이 흐른 후에 나타나는 경우도 있다. 훈이는 후자에 속한다.

석면은 그 자체로 방수, 단열 효과가 뛰어나며 값이 싸다는 장점 때문에 공장과 건설 분야에서 단열재로 사용했다.

자동차 분야에서도 사용되어 왔으며 심지어 화장품에도 들어가 있었다.

석면 가루는 냄새가 나지 않으며 눈에 잘 보이지도 않는다.

체내에 들어오게 되면 축적되어 배출되지도 않는다.

석면 가루는 복막과 흉막 중피종이라는 난치성 희귀 암의 직접적인 원인이 된다. 잠복기가 굉장히 길고 증상이 단순 복통과 흉통에 그치는 경우가 많아 이미 암을 발견할 경우 손쓸 수 없다.

단지 석면 가루가 묻은 옷을 세탁만 했을 뿐인데 악성 중피종에 걸린 사례도 있다.

세계보건기구(WHO)는 석면을 담배와 동급인 1급 발암 물질로 지정해 놓고 있다.

미국은 1970년대부터 석면 사용이 금지되었다. 우리나라도 2009년부터 제조, 가공 등이 완전히 금지되어 사용할 수 없도록 석면안전관리법이 제정되었다.

이미 사용된 석면은 누군가가 제거하는 것 외에는 손쓸 방법이 없다.

건물에 사용된 석면이 벽에 금이 가 새어 나와도 정밀 측정하지 않는 한 밝혀낼 방법이 없다.

이처럼 2009년 이전에 지어진 건물과 산업 현장의 설비, 군 시설들은 석면의 위험성에 여전히 노출되어 있다.

정부는 공공시설의 석면 제거 작업을 실시하고 있으나 이미 사용된 석면을 100% 제거한다는 것은 쉽지 않다.

개인 소유 건축물이나 설비는 철거, 해체하는 경우에만 석면 조사를 하게 되어있어 여전히 석면에 노출되어 있는 것이 우리의 현실이다.

훈이는 이러한 석면 가루에 17세 때부터 노출되었던 것이다.

훈이가 공장에서 만든 에나멜동선, 전자석 선은 전기 절연체다. 모터 등 전자 제품, 가정과 공장의 배선 재료 등으로 사용되는 구리 도선은 특수 도료, 고무, 플라스틱 등으로 각각 절연되어 있다.

이중 에나멜동선은 전자 제품에 사용되는 것으로 특수 도료로 피복을 입혀 절연시킨 것이다. 제조 과정은 정해진 규격으로 가느다랗게 늘린 다양한 굵기의 구리선에 특수 도료를 입혀 고열의 건조로를 수회 반복해 통과, 건조시켜 만든다.

그 건조로의 고열을 빼앗기지 않기 위해 보온재로 사용한 것이 석면포와 석면 가루다.

기계의 진동에 의해 건조로의 틈새에서 보이지 않게 나온 그 미세한 석면 가루를 오랜 기간 훈이 자신도 모르게 숨 쉬면서 흡입한 것이다.

그뿐만이 아니었다.

건조로의 열선이 고온에 의해 단절되는 경우가 종종 있다.

그럴 때면 훈이는 건조로를 분해해서 열선을 싸매고 있는 석면포를 벗겨내고 석면 가루를 퍼내 놓고 단절된 열선을 수리했다.

수리를 다 마친 후엔 벗겨 놓았던 석면포로 다시 싸매고 석면 가루를 채워 놓았다.

훈이는 이러한 위험한 작업을 위험한지도 모르고 이십여 년 동안 했다.

"공기 좋은 곳에서 요양하는 게 좋겠습니다."

의사의 권유에 따라 훈이는 김포평야의 풍무동으로 이사 왔다.

혼탁한 부평의 공기를 벗어나 논과 밭에서 뿜어져 나오는 김포의 청정 공기 속으로 왔다.

훈이는 김포로 와서 모든 대외 활동을 중지하고 투병에 전념했다.

김포 들녘을 거닐며 유년기 때부터 살아온 생의 매듭들을 떠올려 보았다. 떠올려 보니 순탄치 않은 매듭들이었다.

그 매듭들을 그런대로 잘 풀고 지금까지 버틴 건 오로지 긍정적으로 생각하고 받아들인 사고, 마인드 덕분이다.

그 긍정적 마인드로 유소년 시절 아버지 정 씨의 술주정 주사로 인한 폭력성의 매듭을 배우고 답습하지 않았다.

억울하고 황당한 범법자가 되어 교도소에 들어가 전과자가 된 매듭 앞에 의기소침하지 않고 좌절하지 않았다.

고교 진학을 못하고 소년 공장 노동자가 된 매듭 앞에 실망하지 않았다.

온몸의 피부가 짓물러 오고 밤낮없이 속사포처럼 나오는 기침 등 육체에 가해진 병마의 매듭 앞에서 굴하지 않고 검정고시 독학을 했다. 그리고 시 습작을 했다.

'그래. 긍정적으로 받아들이자.'

이제까지 그리해왔듯 훈이는 현재의 매듭인 진폐증도 긍정적으로 대하기로 했다.

긍정적 마인드는 모든 고난을 압도한다.

그리하여 어떠한 고난이 와도 좌절하거나 절망하지 않는다. 반드시 극복한다. 삶을 행복하게 한다. 자신뿐만이 아니라 가족과 이웃, 그리고 주변을 행복하게 한다.

긍정적 마인드는 어떠한 의술과 의약을 능가한다.

아무리 의술이 발전하고 의약이 좋아진다 해도 환자가 병마에 대한 긍정적 마인드를 갖고 있지 않으면 병마에서 헤어나지 못할 수 있다.

훈이는 병마로 몸이 하도 많이 야위어서 성인 옷이 맞지 않았다.

긍정적 마인드로 바싹 마른 자신의 몸에 맞는 치수가 작은 아이들 옷을 사 입었다. 아이들의 캐주얼 바지와 티셔츠가 바싹 마른 몸에 딱 맞았다.

잘 맞긴 했지만 뭔가 어색했다. 짧은 머리였다. 머리를 길렀다. 기르기만 했더니 그래도 좀 어색했다. 파마를 했다. 염색을 했다. 염색도 까만색보다 멋 내기 염색, 갈색으로 했다.

허리띠 또한 캐주얼 바지에 맞췄다. 목걸이도 했다.

"우와! 참 잘 어울립니다."

훈이의 이러한 변신을 주변에서 응원해 주었다.

긍정적으로 생각하고 행동하니 훈이는 마음이 즐겁고 행복했다. 마음이 즐겁고 행복하니 투병하는 몸 또한 덩달아 즐겁고 행복해졌다.

훈이는 김포로 요양 오기 전부터 자신의 의지와는 상관없이 생을 갑자기 마감할 수도 있는 상황이 올 수 있겠다라는 생각이 들었다.

이를 대비해 틈틈이 새로운 시집 발간을 준비해 왔다. 마지막 시집이 될 거라 생각되었다.

그러하기에 죽어 하늘의 별과 달이 되지 말고 지상의 나무와 꽃

가루 향기가 되어 노동자 민중들과 함께하길 소망하는 「나는 죽어 저 하늘에 뿌려지지 말아라」는 시도 썼다.

시집 제목도 같은 이름으로 내기로 하고 준비해 왔다. 준비해 온 그 시편들로 새 시집을 내놓았다.

'갑자기 생을 마감할 수 있겠다'라는 그 상황은 생각보다 빨리 왔다.

진폐의 몸에 합병증이 왔다. 의료진이 합병증이 오면 회생 가망성이 없다고 했는데 그 합병증이 온 것이다.

훈이는 회생 가망성이 아주 희박하다는 그 수술을 받기로 했다. 결과는 신께 맡겼다.

주치의는 만약 회생이 된다면 의약품도 좋아지고 의술 또한 좋아지니까 의외로 오래 살 수도 있다 했다.

훈이는 오래 살 생각은 없는데 그래도 회생해서 다시 세상을 보았으면 좋겠다고 생각했다.

'하나님! 재생해 주신다면 세상에 더욱 열심히 봉사 헌신하며 살겠습니다.'

수술대에 올라 마취약이 몸에 스며드는 그 짧은 순간 하나님께 일생 처음으로 간절한 기도를 드렸다.

다시 생을 달라고, 재생된 삶을 주신다면 예수님의 가르침에 따라 사랑으로 타인과 이웃과 사회에 보다 더 헌신하며 살겠다고 기도했다.

"깨어나셨네요!"

아득히 먼 곳에서 한줄기 실바람처럼 온몸을 뚫고 들려오는 중환자실 당직 간호사의 미약한 목소리에 훈이는 눈을 떴다.

눈을 뜬 처음 한동안은 어떠한 상황인지 전혀 알 수 없었다. 한동안 시간이 많이 흐른 뒤에서야 수술대에 올랐던 기억이 났다. 살아난 것이다.

가망성이 희박하다고 했는데 살아났다.

하나님께서 재생시킨 것이다.

주치의 흉부외과를 비롯해 신경외과, 내과 등 수술을 집도했던 관련 과장들이 수시로 훈이의 몸 상태를 체크했다.

훈이는 중환자실에서 6인실 일반 병실로 옮겨온 다음 날 아침, 그때서야 오른쪽 손가락이 제대로 작동되지 않는다는 걸 알았다. 움직이기는 했으나 힘이 약해 연필 등을 잡을 수가 없었다.

옆에서 지켜보고 이 사실을 알게 된 훈이의 아내 삶의 동지를 비롯해 병실 안의 환자들과 보호자들이 일제히 의료 사고라며 걱정을 했다. 그러나 훈이는 걱정하지 않았다. 재생되었다는 사실이 감사할 따름이었다. 최선을 다했을 의료진이 마냥 고마웠다.

회진을 온 주치의 흉부외과 과장이 이 상황에 적잖이 걱정스럽고 당혹스런 표정을 지었다.

"과장님, 고맙습니다. 걱정하지 마십시오. 괜찮습니다. 왼손을 잘 사용하면 됩니다. 그리고 언젠가는 이 오른손 가락들도 제가 재생

되었듯이 정상으로 돌아올 거라 확신합니다."

 의사가 나가자 삶의 동지와 병실 안 사람들이 일제히 이구동성으로 훈이를 면박주고 걱정했다.

 "무슨 말을 그리 해요?"

 "의료 사고인데 따져야지 괜찮다고 하면 어떡해요."

 일반 병실로 올라온 지 열흘 정도 지난 오후 주치의가 훈이와 보호자인 삶의 동지를 진료실로 불렀다. 수술 당시 촬영한 장시간의 영상을 세세히 보여 주며 설명했다.

 "여기 이 부분이 척추와 닿아 있는 곳으로 신경이 연결된 곳입니다. 여기에도 생긴 이 풍선 같은 제거물을 반드시 제거해야만 했습니다. 척추와 멀리 자리한 제거물들은 제거하기에 큰 문제가 없었지만, 이곳은 다루기 어려운 곳이라 망설였습니다. 그러나 제거를 하지 아니할 경우 합병증이 반드시 다시 온다는 사실을 잘 알기에 제거했습니다. 문제가 있었다면 이곳의 제거물을 제거하는 과정에서 신경을 건드렸을 수 있습니다만 모니터링 결과 그렇지도 않습니다."

 "과장님. 모니터링을 보니까 더 고마운 마음이 듭니다."

 "제 경험이 적지 않지만 이번 수술은 저에게도 의미가 큰 수술이었습니다. 그만큼 어려운 수술이었습니다. 특히 문제의 이 부분 같은 경우는 처음 경험하는 것이었습니다."

 "네. 과장님. 다시 감사드립니다. 몇 차례 거듭 말씀드렸지만, 제

손가락은 걱정하지 마십시오. 열심히 훈련하여 힘을 키우면 정상으로 사용할 수 있을 겁니다. 하하. 확신합니다."

"의사 생활 20여 년 동안 수많은 수술과 진료를 해 왔고 여러 상황이 있었지만, 환자가 의사를 위로하고 확신을 주는 경우는 처음입니다. 더구나 이러한 상황에서 말입니다. 큰 감동을 받았습니다."

훈이는 수술을 계기로 병원에서 25일간 입원해 있었다.

입원해 있는 동안 그동안 풀지 못한 어려운 과제 하나를 해결했다.

투병으로 몸이 쇠약해지면서 불면증이 생겨 3년간 복용해온 수면제와 안정제를 끊기로 마음먹었다. 복용하지 말고 끊어야지 하면서도 끊지 못한 약이었다.

3년 전 어느 날 갑자기 온 불면으로 며칠 동안 잠을 못 잤다. 투병하며 쇠약해진 몸으로 불면에 시달리면 악영향이 올 거라고 판단한 의사의 권유로 수면제를 먹기 시작했다.

처음엔 반 알을 먹었는데 시일이 갈수록 반 알에서 한 알로, 한 알에서 두 알로 양을 늘려야 잠이 왔다. 더구나 안정제까지 보태서 먹게 되었다.

'잠조차 약에 기대 자야 하다니 한심해!'

훈이는 약들을 먹을 때마다 자신이 한없이 한심하다는 생각이 들었다. 어떻게든 이 약들에게서 벗어나고 싶었다.

일반 병실로 온 이후로 일부러 이 약들을 먹지 않았다.

수면제를 복용하지 않자 다시 불면이 오고, 안정제를 복용하지 않자 불안함의 금단 현상까지 왔다. 큰 수술 직후의 어려운 몸 상태였기에 극도로 괴로웠다.

그 괴로움은 말로 형용할 수 없을 정도였다. 그러나 훈이는 그대로 버티었다. 만약 문제가 생긴다면 병실 침대에 누워 있으니 병원의 의료진이 해결해 줄 것이라는 그 생각으로 버티었다.

억지로 참는 그 괴로움에 혓바닥이 갈라지다 못해 구멍이 송송 뚫렸다. 음식이 닿으면 쓰라렸다. 의약품 '알보칠'로 그 구멍들을 태웠다. 그렇게, 3년간 복용했던 수면제와 안정제를 완전히 끊었다. 이제 그것들을 먹지 않고도 잠을 잘 수 있게 되었다.

훈이는 퇴원 후 왼손으로 글씨 연습을 했다. 훈련 삼아 수술로 잘 움직여지지 않는 오른손으로도 써 보았다. 처음엔 글씨 형태를 갖추지 못했다. 그러나 틈만 나면 훈련하듯 썼다.

그렇게 6개월 정도 지나자 손가락에 힘이 조금씩 생겼다.

글씨 형태도 갖추기 시작했다. 1년이 지나자 상태가 더욱 호전되어 좋아졌다. 기뻤다. 한 달에 한 번씩 진료와 약을 처방받기 위해 마주하게 되는 주치의도 무척 기뻐했다. 3년 후엔 완벽하게 그 기능을 다시 찾게 되었다.

훈이는 이 모두가 긍정의 결과라고 생각했다.

회생 가망성이 희박하다는 수술 후 재생되어 생사를 오고 가는 큰 고비를 넘겼지만 이후 5년여간 대외 활동을 자제했다. 무리하면 몸에 안 좋다는 주치의의 의견과 처방에 따른 것이다.

어머니 대실댁의 죽음

고령이 된 대실댁에게 치매가 왔다.
"아범아! 오늘은 언제 와? 빨리 와!"
"서둘러서 빨리 갈게요."
"나 지금 집에 안 들어가고 아범 올 때까지 아파트 경비실 앞에 있을 거야. 그러니 빨리 와!"
"아니, 왜요? 추운데 얼른 집으로 들어가세요."
"혼자 있기가 무서워서…."
"집이 왜 무서워요? 텔레비전 보고 계세요. 집사람 조금 있으면 퇴근해서 갈 거예요. 저도 빨리 갈 테니 들어가세요. 알았죠?"
훈이와 삶의 동지, 아이들이 일터로 혹은 학교로 나간 후 아파트에 홀로 남게 된 대실댁은 계절과 시간에 관계없이 해 질 무렵이면 훈이에게 전화로 빨리 오라고 보챘다.
훈이는 외로움에서 오는 치매 초기 증상인 줄 몰랐다.
대실댁의 치매가 아주 많이 진행되고 나서야 전문의로부터 이 사실을 알게 됐다.

큰손자의 결혼식에서 큰손자 며느리의 폐백을 받고 기뻐했던 대실댁은 그 이후 며칠 후에 뇌경색으로 쓰러졌다.

치매가 깊어진 데다가 뇌경색이 온 관계로 거동할 수 없는 대실댁을 집에서 병시중하기란 불가능했다.

필요한 의료 장비까지 구입해서 병시중을 시작했으나, 훈이와 아내 삶의 동지는 몇 개월을 버티지 못하고 대실댁을 전문 병원에 입원시켰다. 대실댁에게서 잠시도 눈을 떼어서는 안 되는 상황이었다. 모든 일을 전폐하고 대실댁만 지켜볼 수가 없었다.

처음에는 강화도에 있는 지인이 운영하는 요양원에 입원시켰다. 이후 시설이 잘 되어 있고 전문성이 뛰어나다는 충남 금산에 있는 병원에 입원시켰다. 그러나 먼 길 때문에 자주 찾아가지 못하는 것이 마음에 걸려 김포 집에서 그리 멀지 않은 부평에 있는 전문 병원에 입원시켰다.

대실댁은 치매요양병원 침대에 양쪽 손이 묶인 채 누워 5년을 살았다.

살았다기보다는 5년이란 세월을 버티어냈다는 표현이 옳을 것이다.

간병인이 눈을 떼면 그 잠깐 사이에 침대에서 떨어지거나 물건에 부딪혀 큰 문제가 생기기 때문에 병원에서 취한 조치였다.

그럼에도 목욕이나 식사를 위해 손을 풀어놓은 그 잠시 사이에 침대에서 떨어지거나 넘어져 몇 차례의 크고 작은 골절을 당하는 사고가 있었다.

극심한 치매로 인해 본인이 거동 불편자라는 사실을 전혀 인지하지 못해 버둥거리다가 일어나는 사고였다.

훈이는 대실댁이 양쪽 손이 묶여 사는 모습을 보며 '저리 사는 것이 무슨 의미가 있을까!' 싶어 안타까움에 슬퍼하다가도 어머니가 이 세상에 존재한다는 것이 참으로 감사했다.

"어머니! 제가 누구죠?"

"우리 장남 훈이지!"

다른 자식들과 식구들은 잘 알아보지 못해도 유독 훈이만은 이름도 잊어버리지 않고 잘 알아보았다. 그리고는, 간병인에게 '우리 아들 시인이유.'라고 소개까지 했다.

시인! 뇌경색과 극심한 치매를 앓고 있는 어머니가 훈이를 '시인'으로 기억하고 있다니. 더구나 그 '시인'을 그 무슨 대단한 존재로 생각하고 자랑삼아 소개까지 하다니. 무어라 형용할 수 없는 비애감에 훈이는 많이 슬프고 부끄러웠다.

"집에 가고 싶다. 나 좀 집으로 데려가 줘!"

그 애절함이 너무 절절하여 외면하지 못하고 집으로 모셔오기도 했지만, 그 소원을 자주 들어주지 못했다. 집으로 왔다가 병원으로 가면, 병원 생활에 다시 적응하기가 어렵다는 이유로 병원 측에서도 원치 않았다.

대실댁은 85세 되던 해 치매요양병원에서 숨을 거두었다.
"곧 운명하실 거 같습니다. 빨리 가족들에게 알리셔야겠습니다."
훈이가 병원의 연락을 받고 급히 도착하니 담당 의사가 말했다.
출근한 가족들과 형제들에게 이 사실을 알렸다.
훈이는 침대 위 대실댁의 야윈 등 밑으로 한쪽 팔을 밀어 넣어 끌어안고 용서를 빌었다.
"어머니! 사랑해요! 이 아들이 많이 미안해! 용서해 주세요!"
더 이상 무어라 할 말이 있겠는가.
훈이는 반복해서 이 말만 할 수밖에 없었다. 하염없는 눈물이 나왔다. 눈물은 미안한 훈이의 마음이 되어 대실댁의 귓속을 파고들었다.
1시간 30분이란 시간이 흘러갔다.
죽음 직전 다른 신체 기능은 모두 다 닫혔어도 마지막까지 열려 있는 것은 귀인가 보다.
용서를 구하는 훈이의 말이 들렸는지 대실댁은 감긴 두 눈가로 눈물을 가늘게 흘렸다.
잠시 후, 가쁘게 쉬던 숨을 두세 번 천천히 길게 몰아쉬었다. 그리고 훈이의 곁을 영원히 떠났다.
전쟁 통에 어린 두 자식을 잃은 한을 안고 세상을 떠났다.
훈이는 살아가야 할 목적을 잃어버린 것처럼 슬펐다.

노동문학관

훈이가 투병 생활하며 지켜본 노동판은 점점 더 열악해져 갔다.

노동법은 언제나 존재했지만, 노동판과는 언제나 멀리 떨어져 있었다. 최저 임금제가 생겼지만, 노동판을 죽이고 자본만을 살찌우고 있었다. 비정규직을 만들어 노동판을 더욱 가난하고 핍진하게 만들었다.

노동의 피와 땀을 착취하여 부를 누린 자본은 정리해고라는 칼을 들이대었다. 일방적으로 공장 문을 닫기도 했다. 노동자의 피땀 값이 비싸다며 후진국으로 더 싼 피땀 값을 착취하러 갔다.

"어찌 이럴 수가 있느냐?"

항의하고 따지는 노동자들을 든든한 비호세력 정권과 함께 종북 세력 빨갱이로 매도했다.

노동 현장에선 연일 사측의 불법 부당 노동 행위가 자행됐다.

이로 인해 하루아침에 해고를 당해 거리로 나앉은 해고 노동자들이 구호를 외치며 피 터지는 복직 투쟁을 전개하고 있었다.

몸 상태가 좋아진 훈이는 현장 투쟁 연대 활동에 다시 참여했다. IMF 여파로 대우자동차 부평공장의 현장 노동자가 대거 구조 조정 정리해고 되었다. 2000년대 초 이들을 돕기 위한 바자회에 참석한 것이 투병 생활 전 훈이의 마지막 연대 활동이었다.

재개한 현장 역시 대우자동차였다. 노동자들은 부평공장 정문 쪽 높다란 굴뚝 위에서 해고노동자 복직을 위한 고공 투쟁을 하고 있었다.

십여 년 세월이 훌쩍 넘었는데 대우자동차 노동자들의 처지는 전혀 달라지지 않았다.

훈이는 이러한 상황에서 연대 시를 낭송하자니 자꾸 눈물이 나왔다.

낭송하며 시가 울듯 울었다.

이를 시작으로 다시 해고당한 노동자들의 복직과 비정규직 노동자들의 정규직화 투쟁 현장에서 연대 활동을 했다.

"노사합의안을 지키지 않으면 뛰어내려 목을 매겠다!"

유성기업 노조 지회장이 충남 천안의 유성기업 앞 굴다리 난간 위에서 야간 노동 폐지 노사 합의안을 지킬 것과 노조 파괴 공작을 중지할 것을 사측에 요구하며 고공 투쟁을 했다.

그는 목에 밧줄을 걸고 투쟁을 했다.

훈이는 그 투쟁 현장으로 연대하러 갔다가 죽음의 외줄을 타듯 다리 난간 고공에서 곡예 투쟁하는 모습을 보고, 자신의 시가 노동자들이 고공에서 떨어져도 무사할 수 있는 든든한 안전망이 될 수 없다는 사실이 안타까웠다.

전라남도 진도군 조도면 부근 해상에서 여객선 세월호가 전복되어 침몰해 시신 미수습자 9명을 포함한 304명이 사망했다.
침몰 사고 생존자 172명 중 절반 이상은 해양경찰보다 늦게 도착한 어선 등 민간 선박에 의해 구조되었다.
침몰과 구조과정에서 이해 못 할 의혹을 남겼다.
"침몰 의혹 진상을 규명하라!"
침몰로 희생된 유가족과 시민 단체들이 당국에 진상 조사를 요구했다. 그러나 당국은 인양조차 하지 않았다.
분개한 시인들과 작가들이 대한문 앞에서 세월호 추모 진상 조사 촉구 연대 집회를 열었다.
이 무렵, 세월호 침몰에 대한 늦장 대응과 의혹 진상 활동을 교묘하고 철저하게 방해한 정권이 입맛에 맞지 않는 예술인들을 억압하기 위한 예술인 블랙리스트를 만든 것이 밝혀졌다.
대통령과 친분이 있는 민간인 최순실 씨가 국정을 좌지우지한 국정농단의 전말이 자세하게 속속들이 밝혀져 온 국민이 분노했다.
그 분노는 정권 퇴진과 대통령을 탄핵하라는 요구로 분출됐다.
예술 단체장이 된 훈이는 문화예술인들과 함께 광화문광장에서 '박근혜 정권 퇴진 탄핵을 위한 문화예술인 시국선언' 기자회견을 열었다.
"헌정파괴와 주권찬탈 범죄행위, 박근혜는 퇴진하라!"
"모이자! 분노하자! 내려와라 박근혜!"
"국정농단 주범 박근혜를 구속하라!"
문화예술인들은 기자회견을 마친 후 정권 퇴진과 탄핵 구속을 요구하는 토요 촛불 시위를 위한 예술인 캠빙촌 텐트를 설치했다.
경찰들이 텐트를 설치하지 못하게 막았다.
경찰들과의 지난한 실랑이를 벌인 끝에 가까스로 텐트를 설치했다.
이후 매주 토요일마다 진행된 박근혜 정권 탄핵 촛불시위에 연인원 1천7백만 명이 참여했으며, 결국 박근혜 정권은 탄핵됐다.
이는 시민들이 광장에서 촛불을 밝혀 불의한 권력을 끌어내린 광장 혁명이고 촛불 혁명이다.
촛불 혁명으로 불의한 권력의 대통령이 탄핵되고 촛불 혁명에 힘입은 세력이 정권을 잡은 새 정부가 들어섰다. 그러나 여전히 자본에 힘을 실어주는 노동 정책으로 비참한 노동 현장은 조금도 나아지지 않았다.
훈이는 해고 노동자와 비정규직 노동자들과 연대 활동을 해 오며 노동운동이 본래의 취지에 벗어나 퇴색된 것이 안타까웠다.
노동운동은 노동조합이 법제화되어 합법화된 이후로 대기업 노동조합이 주도해 왔다.

그 결과 대기업 노동조합은 귀족 노동자라는 이름을 얻을 정도로 조직과 경제적 힘을 과시할 수 있게 되었다.

그 귀족을 세습하고 싶을 정도로 권력도 강해져서, 신규 채용 시 일정 비율을 정해 자신들의 자녀를 채용해 줄 것을 자본과의 협상 조건으로 내세우는 지경이 되었다.

'진정한 운동은 자신을 위해서가 아니라 타인 또는 공공을 위해 헌신하고 희생하는 것이다.'

훈이는 노동운동도 노동자들이 자신보다 처지가 못한 열악한 환경에 처해 있는 노동자들을 위해 헌신하고 희생하는 노동운동을 해야 한다고 생각했다.

훈이 나이 육십 중반을 넘어섰다.

훈이는 자신이 그동안 펼쳐온 노동자들을 위한 연대 활동의 한계를 실감했다.

현대는 물론 후대에 노동과, 이를 다룬 노동문학의 참된 가치와 얼을 전하고 심어주는 일이 절실하다고 생각했다.

그것을 담을 '노동문학관'을 건립하기로 작정하고 아내 삶의 동지에게 자신의 뜻을 말했다.

"당신 뜻이 그러하다면 기꺼이 동의해요."

훈이는 삶의 동지가 눈물겹게 고마웠다.

결혼 후 40년여 동안 고생만 시켜왔는데 그리하여 원망할 법도

한데 삶의 동지는 변함없이 훈이를 응원해 주고 있다.

노동문학관 건립자금을 마련하기 위해 둘이 평생 흘린 피땀으로 장만해 살고 있는 아파트를 담보로 대출을 받았다. 건립을 처음 계획했을 땐 아파트를 작은 평수로 줄여 자금을 마련하려 했다. 그러나 담보 대출로 그 계획을 바꿨다. 삶의 동지가 정이 든 아파트를 팔고 싶어 하지 않았기 때문이다. 이자 부담이 있지만 삶의 동지의 그 마음을 외면할 수 없었다.

"대출받느라 수고해서 특별히 만든 거야. 이뻐서."

대출받던 날, 삶의 동지가 노동문학관 건립 자금을 대출받느라 애썼다며 저녁 찌개를 맛있게 끓여 주었다. 동태에다 꽃게 다리, 주꾸미, 무우, 두부, 온갖 양념 등 이것저것 넣은 찌개가 입맛 밥맛을 마구 돋구었지만, 그저 마냥 맛있지만은 않았다. 삶의 동지의 의미심장한 일침이 더 그러하게 만들었다.

"마지막 찌개일 수도 있어. 우리 앞으로 더 가난하게 살아야 하니까."

노동문학관 건립은 훈이가 최우선 잣대로 삼아왔으며 앞으로도 삼아갈 가치관을 초지일관 지킨다는, 그 기준을 적용해서 추진했다.

훈이는 문단 원로들을 비롯해 문화예술계 선후배들과 각 언론사로 '노동문학관 건립에 대한 말씀'이란 제목의 노동문학관 건립 취지문을 이메일로 전했다. 이어 한 명 한 명 일일이 전화 등 직접 소통을 통해 '노동문학관건립위원회'에 동참해 줄 것을 요청했다. 이에 문화예술계는 물론 종교계와 법조계에서 선뜻 100여 명이 건립위원회에 동참했다.

노동문학관 건립에 대한 말씀

전통적 농경사회였던 한국 사회는 1960년대 말 전국에 공단이 조성되며 산업화가 시작되었습니다. 이후 산업화의 주역인 노동자들은 한국 경제를 현재의 4차 산업으로 이끌어 왔습니다. 그럼에도 고된 노동과 저임금 등 온갖 차별과 억압으로 고통 받았습니다.

노동문학 진영의 문인들은 노동자들의 노동과 삶이 내포하고 있는 바람직한 가치를 문학적으로 꾸준히 형상화 해왔습니다. 이를 통해 열악한 노동 현장의 문제점과 노동자들의 피폐한 삶, 자본주의의 각종 병폐들을 비판 지적했습니다. 아울러 노동운동과 더 나아가 민주 민중 등 사회운동의 선봉 역할로 한국 사회 발전을 이끌어 왔습니다. 이렇듯, 노동문학은 앞으로도 지속적으로 한국 사회에 바람직한 영향을 끼칠 것입니다.

안타깝게도 일제 강점기 카프와 전태일 열사 분신 이후의 노동문학 관련 소중한 자료들이 손실되고 있습니다. 그 자료들이 더 이상 흩어져 손실되어선 안 되겠습니다. 늦은 감이 있지만 지금이라도 더 이상 손실되지 않도록 흩어져 있는 그 자료들을 한곳으로 모아야겠습니다. 모아서 잘 보관해야겠습니다. 더 나아가 노동문학을 조명하고, 노동문학이 향후

유구토록 우리 한국사회의 올바른 길잡이가 되도록 〈노동문학관〉을 건립하고자 합니다.

저는 오래전부터 〈노동문학관〉을 건립해야겠다는 소망을 가졌습니다. 이제 그 소망을 이루기 위한 계획을 실천하기로 굳게 마음먹었습니다. 이는 노동문학을 해온 제가 사명을 갖고 반드시 이루어야 할 사업이라고 생각합니다. 나이를 더 먹으면 먹을수록 그 용기가 소멸되어 갈 것입니다. 그러하기에 재정 등 모든 면에서 크나큰 난관이 있지만 2020년 상반기 건립 목표로 추진합니다.

재정을 마련하기 위해 제가 현재 살고 있는 아파트를 줄이기로 했습니다. 두 아이가 결혼해 분가하고 이제 아내와 단둘이 살게 되어 아파트를 줄여 평수가 작은 공간에 살아도 됩니다. 이렇게 많지 않은 제 사비로 건립하기에 건립 초기엔 문학관 공간이 무척 협소하고 부족할 것입니다. 그렇지만, 향후 형편과 여건이 되는대로 점차 넓히며 채워나갈 것입니다.

〈노동문학관〉엔 일제 강점기 카프문학과 산업화 이후 현재까지의 노동문학 관련 개인 작품집을 비롯해 잡지 등 관련 자료를 수집, 영구 전시해 모든 이가 언제든 관람할 수 있도록 할 계획입니다. 또한 관련 세미나 등 다양한 행사를 지속적으로 개최, 건립 목적을 고취해 나갈 것입니다.

건립위원회를 조직하는 과정에서 일부 이견이 있었다.

"지자체 또는 기관, 관련 단체 등과 연계하여 자금 등을 마련해 규모 등 모든 면에서 제대로 갖추어 건립해야 한다고 생각합니다."
일각에서 이와 같이 주장했다.

그러나 훈이는 자신이 지난 몇 년간 접촉하고 알아본 결과 현 지자체 행정 제도와 관련 단체들의 상황에선 그 결실을 맺는 길이 요원하다고 판단했다. 그리하여 건립 자금을 사비로 충당하여 추진했다. 자금이 형편없어 문화체육관광부의 관계 법령과 시행 규칙이 요구하는 최소한의 공간이라도 마련하고자 했다. 이러한 현실 사정을 이견을 제기하는 사람들에게 설명하고 동의를 구했다.

훈이는 자신의 고향인 충남 홍성군 일원에서 노동문학관 건립 부지를 물색했다. 홍성에서 부지를 찾은 이유는 땅값이 다른 지역에 비해 전국에서의 접근성 대비 저렴하고, 자신의 고향이라는 점이 작용했다. 아울러 남북이 통일되면 중간 지점이라는 점도 감안했다.

현재 살고 있는 김포의 아파트를 담보로 대출받아 건립하는 것이기에 최소한의 조건을 갖춘 부지를 찾아다녔다. 관련 법규와 시행령에 따르면 건립 부지는 폭 4미터 이상 도로가 접해 있는 계획관리지역이어야 한다. 문제는 훈이가 부지 매입비로 쓸 수 있는 돈이 넉넉하지 않고 극히 제한적이라는 것이다. 따라서 건축 건폐율을 감안해 최소의 크기인 200평 이내의 부지를 찾아야 했다.

시골의 특성상 4미터 도로에 계획관리지역, 그리고 200평 안쪽의 작은 평수의 부지를 찾기가 하늘의 별따기 만큼이나 힘들었다. 그러한 부지를 찾느라 뻔질나게 홍성을 오갔다.

각고 끝에 매입 계약한 부지에 문제가 발생했다. 지인이 소개한, 땅 주인이 노동문학관 부지를 시세보다 저렴하게 매도하겠다고 연락 주었을 때만 해도 노동문학관 건립이 순조롭게 진행될 것으로 여겼다.

"도로 위쪽 땅에서 맘에 드는 곳을 지정해 사세요."

처음 부지를 보러 갔을 때 땅 주인의 말에 감동하기도 했다. 그런데, 계약하는 날부터 예상치 않은 일이 생겼다. 땅 주인이 도로 아래쪽 땅을 포함해서 사라는 것이었다. 처음 듣는 말이고 보지도 못한 땅을 포함해서 사라 하니 당혹스러웠다. 그렇지만 훈이는 저렴하게 매입하는 것을 생각해서 수용했다. 지적도로 보아 도로 아래 땅의 폭이 3미터 정도 나오니 그런대로 사용할 수 있겠다고 판단했다. 도로 옆에 붙은 쓸모없는 맹지 10여 평도 인수하라 해서 마을 공동으로 사용할 계획으로 수용했다.

문제는 여기서 끝나지 않았다. 며칠 후 분할 측량과 경계 측량을 해보니 도로 아래쪽 땅 폭이 1미터 정도밖에 안 되었다. 실측한 결과 이웃집 우사가 해당 땅을 2미터나 침범해 있었다. 더구나 그 우사는 관할 관청의 허가도 받지 않은 무허가 불법 건축물이었다.

훈이가 도로 위쪽 땅에 노동문학관 건물을 지으려면 우선 불법 우사의 양성 절차를 거쳐야 한다. 세월은 속절없이 하루하루 흘러

갔다. 싼 게 비지떡이라더니, 참으로 무어라 표현 못 할 정도로 난 감했다. 이런저런 만감이 교차했다.

"괜찮다. 그래도 괜찮다."

훈이는 자신에게 용기를 주기 위해 스스로 최면을 거는 위로를 했다. 매사가 억지로 되지 않는다는 것을 또 한 번 체험했다. 기존에 계약했던 땅을 포기하고, 읍내 소재 공인중개사를 통해 노동문학관 부지 매입 계약을 새로 했다. 앞서 계약한 땅 매도자에게 매입 포기 의사를 밝혔다. 아울러 계약서에 따라 피와 다름없는 계약금을 포기했다. 마음이 몹시 아프고 쓰렸다.

노동문학관 설립 계획 승인 신청용 설계도가 완성됨에 따라 충청남도에 설립 계획 승인 신청을 해서 승인을 받고, 홍성군으로부터 건축 허가를 받아 건축에 들어갔다.

관련 관청으로부터 승인을 받으려면 여섯 가지의 서류를 갖추어야 했다. 그중 문학관 자료 명세서 작성이 가장 공과 시간이 들어가는 작업이다. 상시 전시할 자료 중, 최소 100개 이상 도서의 문학관 자료 명세서를 관할 관청인 도에 접수 시켜야 한다. 문학관 자료 명세서엔 도서 한 권당 자료 설명과 함께 표지 등 4개의 사진을 첨부해야 한다.

건물 건축에 앞서 건설사 몇 곳으로부터 견적을 받아 검토했다. 건축비가 예상보다 2배 정도 많이 나왔다. 고민 끝에 토목 공사, 건물 건축, 배관, 전기 등 분야별 견적을 받아 보았다. 한 건설사에 모든 공사를 맡기는 것보다 분야별로 따로 맡기는 식의 견적을 받아 보니 예상보다 1.5배로 나왔다. 건축비가 예상했던 것보다 훨씬 초과 되어 이를 충당해야 하는 숙제를 안고 착공식을 했다. 착공 소식을 다수의 중앙과 지역 언론에서 비중 있게 다뤄주었다.
"토목 공사를 모두 마무리하지 않았는데 연락이 두절 되었습니다. 전화도 받지 않습니다."
건축 현장 소장이 토목 공사 업자가 잠적한 사실을 말했다.
60년 만에 폭우를 동반한 유례가 없는 긴 장마가 시작되어 연일 비는 내리는데 토목 공사 업자가 계약을 위반하고 배수로 공사 등 마무리 공사를 해주지 않았다. 며칠째 전화를 해도 받지 않았다. 문자 메시지를 보내도 답변이 없었다. 계약서상 남은 공사비가 받을 수 있는 잔금보다 훨씬 많이 들어간다는 것을 계산하고 일부러 회피하는 것이었다.
계약한 토목 공사 업체가 잠수하는 바람에 어쩔 수 없이 남은 공사를 다른 업자에게 맡겨 진행해야 했다.
코로나19!
60년만의 기록적인 장마!
살인적인 폭우!
악조건에서도 노동문학관 건물을 건축했다. 착공 이후 연일 내린 광란의 폭우에 토사로 수로가 막히고 일부 무너지기도 했다.
무너진 곳!

뚫린 곳!
싱크홀처럼 푹 꺼진 곳!
흙이 빠져나가 동굴처럼 된 곳!
토사가 쌓인 곳!
신축 현장이라 폭우 피해가 더욱 심했다.
1차 부직포
2차 차양막
3차 비닐
덮고, 또 덮고, 또 덮고, 3중으로 덮었다.
 폭우 속에서 쉴 사이 없이 낮이든 밤이든 새벽이든 노동문학관 신축 현장 곳곳을 폭우에 상처받아 무너지지 말라고 쓰다듬고 매만지고 다져 주었다.
 아울러 부족한 건축비 마련을 위해 페북 등 SNS를 통해 훈이의 저서 1권을 리워드로 한 펀딩을 했으며, 이 사실을 언론에 알려 기사 협조를 구했다. 이 펀딩에 국내는 물론 해외에서 많은 사람이 참여해 힘을 실어 주었다.
 그런데도 공사비가 모두 고갈되어 공사를 마무리할 수 없게 되었다. 어쩔 수 없이 중지했다가 차후 공사비가 마련되면 다시 진행해야겠다고 마음먹었다.
 아침부터 비가 오락가락하는 여름날 오후 훈이의 고향 후배 유덕선이 전화로 공사 상황을 물어왔다. 시인인 그는 특수 유리를 생산하는 규모가 제법 큰 공장을 운영하는 사업가다.

"건축비가 고갈되어 중단했네. 마련되면 다시 이어 가야지."

상황을 설명하니, 남은 공사는 자신이 책임지고 모두 마무리할 테니 걱정 말라 했다.

유덕선이 보낸 건축업자 이길구가 미진한 마무리 공사를 시작했다.

훈이는 이길구에게 며칠 전 새벽 폭우가 쏟아질 때 숙소 화장실 양변기에서 화산이 폭발하듯 물이 보글보글 용솟음치는 현상이 있었다고 알려 주었다.

"정화조 배수로 공사가 날림 공사로 잘못 되었네요."

이길구는 잘못 시공된 정화조 배수로를 바로잡는 공사부터 시작했다.

마무리 공사비를 충당해 준 유덕선과 연일 퍼붓는 폭우 속에서 공사를 강행해준 건축업자 이길구 덕분에 가까스로 공약 공언한 일자에 개관식을 할 수 있었다.

노동문학관엔 윤기정, 임화, 한설야, 이기영, 권환, 김남천, 송영 등 일제 강점기 카프문학의 대표 주자를 비롯해 산업화 이후 현재까지의 출간된 노동문학 관련 개인 작품집과 잡지 등이 전시되어 있다. 당국에 건립 승인 신청 시 제출한 105점의 승인 자료를 포함한 노동문학 관련 저서 300여 점의 전시 자료를 비롯해 1,000여 점의 자료를 소장하고 있다.

훈이의 노동문학관 건립 펀딩에 미국에서 살고 있는 조선프롤레타리아예술가동맹(카프)의 초대 서기장으로 활동한 윤기정 소설가 및 비평가의 차남인 윤화진 시인을 비롯해 국내와 해외에서 4백여 명이 함께해 주었다. 모두 건립에 일등의 공헌을 해준 이들이다. 뜻이 깊은 그 귀한 이름들을 영구 보존하여 두고두고 감사함을 잊지 않고자 노동문학관 현관 현판에 새겼다.

훈이는 도청으로 노동문학관 등록증을 찾으러 가는 날, 노동문학관 운영과 관련한 원활한 행정 협조를 요청하기 위해 도지사의 집무 접견실에서 도지사와 면담했다.

"반갑습니다. 우리 도에 의미 있고 가치 있는 문화 시설을 건립하심에 감사드립니다."

도지사는 훈이를 반갑게 맞이했다.

"노동문학관은 국내는 물론 세계 최초로 건립되었습니다. 전국에서 많은 관람객들이 찾아오는 예술 명소가 되었으면 합니다. 따라서 주변 인근에 노동문학 관련 문학비 동산과 조각 공원 등이 조성되길 바랍니다. 매년 노동예술제를 비롯해 세미나, 기획전시 등 다양한 행사를 개최해 노동문학과 노동예술의 성지가 되길 희망합니다. 또한 해외 노동문학가, 노동예술가들과 교류하면서 세계 노동예술의 메카가 되길 원합니다."

도지사는 훈이의 말에 고개를 연신 끄덕였다.

"이러한 일들은 제 개인의 힘으로는 할 수 없습니다. 따라서 노동문학관을 사적인 사립기관에서 공적인 공립 또는 관립기관으로 전환해야 한다고 생각합니다."

훈이는 노동문학관을 도에 기부할 뜻을 도지사에게 밝혔다. 노동문학관은 국내외의 수많은 이들이 동참하여 함께 건립한 것이기에 개인인 자신의 것이 아니라고 생각했다. 무엇보다 건립 목적 고취를 위해서 그리해야 한다고 생각했다.

"앞으로 함께 깊이 생각해 보지요."

"고맙습니다."

도지사와 면담을 마치고 도청 청사를 나온 훈이는 자신이 태어난 닭잘뫼마을의 생가터와 객지로 떠나기 전 살았던 안골마을 집터를 찾아가 살펴보았다.

훈이가 이곳을 다시 찾아오기까지 49년의 세월이 흘렀다.

아버지 정 씨의 묘에 성묘를 다녀오느라 일 년에 한두 차례 고향을 찾아 왔지만 일부러 외면했던 곳이다.

지척에 보여도 그냥 지나쳐 왔다. 왠지 보기 싫었다. 이를테면 불화했던 것이다.

생가 터는 밭이 되어 비닐하우스가 자리 잡고 있었다.

비닐하우스 아래로 어린 시절엔 꽤 넓어 보였던 텃밭이 초라한 모습으로 훈이를 반겼다.

어린 시절 햇볕 뜨거운 여름날 어머니 대실댁과 아버지 정 씨와 함께 호미로 풀을 맬 땐 너무 넓다고 생각되어 조금만 작았으면 했던 텃밭이다. 지금 와서 보니 초라할 정도로 작아 보였다.
 닭잘뫼마을에서 안골마을까지 오고 가는 산길 역시 몇 걸음 되지 않는 가까운 거리인데 당시에는 한없이 멀게만 생각되었다.
 초등학교 5학년 후반부터 중학교 졸업 때까지 훈이를 보듬어 준 안골마을 집터에도 비닐하우스가 대신 자리 잡고 있었다.
 집은 물론 마당 가에 있던 복숭아나무와 뒷간 앞에 있던 대추나무도 온데간데없이 사라지고 없었다.
 집 뒤의 야산은 그대로였으나 어렸을 때와는 다르게 높아 보이지 않고 낮게 보였다.
 집 앞의 수령 수백 년 된 정자나무 암수 두 그루는 오랜 세월 비바람에 큰 가지 일부가 부러져 잘려 나갔지만 여전히 변함없이 그 자리를 지키고 있었다. 두 그루 거목 사이에 훈이가 마시며 자란 마을 공동 우물터도 그 자리에 있었으나 오랜 세월 사용하지 않아 토사와 나뭇잎 등으로 메워져 있었다.
 비바람이 불고 천둥 번개 치는 여름날 물지게를 지고 물길러 왔던 기억이 어제인 듯 피어났다.
 49년 만에 마주한 터가 훈이에게 물었다.
 "왜 이제 왔니?"
 훈이는 터에게 물었다.
 "왜일까? 왜 그랬을까?"
 서로가 잘 알 법한 물음을 주고받았다.

그리고 비로소 불화했던 지난 49년의 세월을 화해했다.

"형님! 저희 이제 왔어요."

"오빠! 일찍 오셨네요."

뒤늦게 도착한 남동생 석이와 여동생 순이가 훈이를 보고 반갑게 인사했다.

"응. 그래. 어서들 와라. 오느라 수고했다."

삼 남매는 어릴 적 살았던 옛 집터 앞에서 변함없이 제자리를 지키고 있는 거목의 정자나무를 배경으로 오순도순 사진을 찍었다.

훈이 엉아

2024년 7월 19일 초판 1쇄 펴냄

지은이 _ 정세훈
펴낸이 _ 양문규
펴낸곳 _ 詩와에세이

신고번호 _ 제2017-000025호
주　　소 _ (30021)세종특별자치시 조치원읍 충현로 159, 상가동 107-1호
대표전화 _ (044)863-7652,
팩시밀리 _ 0505-116-7653
휴대전화 _ 010-5355-7565
전자우편 _ sie2005@naver.com
공 급 처 _ 한국출판협동조합
주문전화 _ (02)716-5616
팩시밀리 _ (031)944-8234~6

ⓒ정세훈, 2024
ISBN 979-11-91914-60-3 (03810)

* 지은이와 협의하여 인지는 생략합니다.
* 이 책 내용의 전부 또는 일부를 재사용하려면 반드시 지은이와
　詩와에세이 양측의 동의를 받아야 합니다.
* 책값은 뒤표지에 표시되어 있습니다.